捲毛小黑人的奇蹟

陳秋鴻◎著

勵志學堂 35

作者序言

這陣子大家都在說林來瘋，就是ＮＢＡ球星林書豪所刮起的旋風，其實林書豪之所以這麼受人矚目，跟他在美國社會的亞裔背景有很大的關係。

林書豪的好同學曾經回憶起，林書豪在哈佛打籃球時，常常有人拿他的膚色做貶抑性的攻擊；甚至林書豪在ＮＢＡ的過程並不順利、普遍性的被低估，媒體也歸咎於籃球圈對於亞裔的歧視。

其實種族歧視並不僅限於美國社會，在台灣也有，像是新住民還有較深膚色的種族，也常常會遇到像林書豪一樣的狀況。

這次在《捲毛小黑人的奇蹟》裡，男主角就是一位混血兒，他的外形是個小黑人，捲毛、黑皮膚、厚唇，不過他並沒有像大家所熟知的，像黑人一樣有運動天份，這樣的小黑人在成長過成當中會遭遇到什麼？

而且這位捲毛小黑人還有一個非常特別的身世，特別是他那一位跟他長得完全不一樣的爸爸，所有的一切都要從這位非常特別的父親開始說起……

目次

01 四十歲讀醫學院的醫生

　　王醫生本來不是個醫生，他在鄉下地方有個小藥房，是個有藥劑師執照的藥師，不過在小地方幾乎得要照顧所有人的健康，正因為如此，大家也都叫他做王醫生。

　　「大家這麼叫我，實在讓我有點心虛。」每當夜深人靜的時候，王醫生總是這麼對自己的太太說。

　　「也是，大家稱呼我為王師母，我也覺得不好意思。」鄉下地方很多人年輕時候受的是日本教育，稱呼醫生為日語發音的「先生」，老師也是「先生」，自然而然稱呼醫生的太太為師母。

　　「長久這樣下去也不是辦法，我有個想法想跟妳商量一下。」王醫生跟太太這麼說道。

　　「其實也有人在背後叫你做假醫生啦……」王師母說她有天在路上聽到人家這麼說。

「就是不想當個假醫生，明明沒有醫生資格，卻一直被要求要幫病人看病，這樣實在是不對。」王醫生說他想去讀醫學系。

「可是你也四十歲了，這時候去讀醫學系，讀到最後幾個學年還要實習，你的體力受得了？」王師母非常驚訝自己的先生會有這種想法。

「實在是覺得自己所學不夠，真的想扎扎實實的讀個醫學系。」王醫生感嘆的說，村民對他的信任讓他很感動，不過還是要有等量的學理基礎，這才對得起信賴自己的病患。

「這下子你可能要去當你大兒子、二兒子的學弟了。」王醫生那個年代的人結婚結得早，他的大兒子和二兒子都已經十幾、二十歲，先後考上醫學系。

「就是看他們兩個讀醫學系，每次回來翻著他們的課本，聽他們說到上課的情形，讓我也想跟著去唸。」王醫生笑著說，不能輸給自己的兒子，讓他們看自己的笑話。

「大兒子、二兒子都讀醫科，也拿到獎學金，小女兒讀師範學校不用學費，我們該盡的責任也盡了，你就好好去追求自己的理想吧！」王師母鼓勵著自己的先生，她說自己也想當個貨真價實的師母、醫生娘。

「太太，這個家多虧有妳撐著，要不然我這麼忙，在這個村子收入也不多，孩子們都是因為妳教養得這麼好，讓我無後顧之憂的追求我的理想。」王醫生人前人後總是不斷的這麼說。

王醫生回想起這一路上，在這個小地方當藥劑師，很多病患根本沒錢看病，他也不好意思收他們錢，家裡吃用不夠時，還是太太回娘家搬救兵，連小女兒都說：「每次冰箱空空的時候，只要媽媽回一趟阿嬤家，裡面就都塞滿了。」

「其實這裡的病患也是老實人，他們沒錢付，也都會送我們新鮮的蔬菜、水果，是個很有人情味的地方，為了他們的健康，你要好好繼續深造才是。」王師母對自己的先生說道。

已經四十歲的人來準備大學聯考，說起來還真的有點辛苦！「真的不能跟十來歲的孩子們比，他們體力、記憶力都比我好，怎麼拼得過喔？」王醫生開始有點心灰意冷，覺得自己一定名落孫山。

「你以前教孩子功課時，可從來沒有灰心過，怎麼自己讀書，就沒辦法鼓勵自己？」王師母取笑著王醫生。

「是啊！爸爸，你要當我們的好榜樣！」大兒子拍拍自己爸爸的肩膀。

「學長，你不要取笑我了！」王醫生靦腆的說道。

二兒子也跟著說：「爸爸，你行的！正所謂虎父無犬子，我們都考得上醫學系，這是你的遺傳好，你當然更沒問題了！」

王醫生在自己的大兒子和二兒子的幫忙下，終於考上了醫學系，雖然不是排名最頂尖的學校，可是有機會接受正規醫學訓練，又是離自己住家最近的醫學系，王醫生已經非常滿意。

「王醫生，你現在雖然在讀書、深造，可是還是要常常回來看我們，大家都靠你幫我們顧身體。」很多村民都對王醫生這麼說。王醫生的目標也不是在醫學中心當主治大夫，而是要回來村子裡當個盡責的地方醫生，目標明確的他在醫學院裡也深受教授的尊重，求學過程算是順利。

「爸爸，今天我們教授還在課堂上提到你。」大兒子在放假回家探親時這麼對王醫生說。

「我們學長也有提到你。」二兒子和大兒子在不同學校，不過王醫生這號人物其實已小有名氣。

「原來你們爸爸這麼有名喔？我還不知道我嫁了個名人。」王師母笑得可開心了。

「我們教授說，這個社會需要多一點像爸爸這樣的醫生，願意在偏遠地方擔任第一線醫療工作。」大兒子也非常以自己的父親為榮。

「那他們不就知道我是個密醫了嗎？」王醫生說這實在有點丟臉，明明是不法的行為還被拿來稱讚。

「我們老師說，好像從日據時代開始，這種事就很多，地方上的藥劑師幾乎要擔任所有的醫療行為，像日本有些偏遠的離島，很多醫療輔助師也沒有醫師執照，但也要從事救治病患的工作，更難得的是爸爸還願意來讀醫學系，讓自己的醫療知識更加完備。」二兒子說這話時，臉上彷彿有種光彩，還說自己的爸爸有一天一定會被寫到醫學的教科書上。

「那也要我醫學系讀得畢業才行，我自己都有點擔心。」王醫生笑著說道，光是想到實習要輪大夜班，他就不知道自己撐不撐得過去。

「以前病患大半夜上門找你去看孩子的情況，你不都也去了？」王師母覺得輪大夜班這有什麼困難的？

「大家都說不管什麼時候實現理想都不晚，我現在讀了醫學系才發現不是這樣。」王醫生說自己還是年紀大了。

「爸爸以前是二、三十歲，現在四十多歲，還是有差啦。」大兒子也說這對體力來說真的是項考驗。

「還好我的大兒子、二兒子都在十幾二十歲讀醫學院，趁年輕的時候追求自己的理想才是對的。」王醫生看著自己的兩個兒子好不得意。

「我和弟弟都是看到爸爸對病患這麼盡心盡力，才想跟著做醫生的。」大兒子說道。

「是啊！等到自己讀了醫學系之後，才發現要像爸爸對病患這麼好，而且二十年如一日，這真的很難。」二兒子說，他常常懷疑自己能不能做到跟爸爸一樣，他實在不是個有耐心的人。

「還要感謝你們的媽媽成全了我。」王醫生說，要不是自己的太太無怨無悔的陪自己走這條路，他真的不知道是否能撐到現在。

「我一直都沒有什麼很大的夢想，可是看到你們的爸爸這樣努力的追求自己的理想，我能幫他的忙，就好像也幫自己實現理想一樣。」王師母笑著說，她現在最大的理想就是當真的醫生娘和醫生媽。

「家裡的錢夠用嗎？」王醫生問起自己的太太。

「夠用、夠用，只要省著點，都一定夠用的。」王師母說，她已經習慣了用少少的預算過日子。

「我跟弟弟可以去當家教，幫忙補貼家用。」大兒子說道。

「你們就好好讀書，現在是學習最重要的時間，不要多想別的，媽媽撐得過去的。」王師母說道。

「那我和弟弟要趕緊完成學業，正式工作之後，爸爸和媽媽也好享清福。」大兒子點點頭說。

「我們家的人都一條心，我的同學都很羨慕我們家人的感情這麼好。」二兒子非常滿足的說，這才是真正的幸福。

不過王家人此時此刻並不知道，前面其實有非常大的考驗等著他們，尤其是對王醫生和王師母來說，這真的是他們結婚以來，意見最大的分歧。

02

盡心盡力的地方醫生

王醫生在當實習醫生時，發生了一件事。有個女病患發現自己懷孕，來找王醫生商量孩子的事。

「王醫生，雖然你只是個實習醫生，可是這幾間病房的病患看到你這麼關心我們，大家都說你比主任更像個醫生，我可以跟你商量一件事嗎？」女病患囁嚅的問起王醫生。

「請說，不用這麼客氣。」王醫生微笑的問起女病患。

「我……還沒結婚，可是……我發現自己懷孕了，你覺得我要不要留下這個孩子？」女病患非常不好意思的請教。

「我自己經歷過戰亂，看過太多人想活卻活不下來，妳如果問我這件事，我一定是希望妳留下孩子。」王醫生非常堅定的說。

「可是我自己的身體也不好，來醫院是為了治療肺氣腫，經濟狀況也不理想，將來這個孩子跟著我是一定要吃苦的。」女病患講到這裡，已經是絕望到泣不成聲了。

「孩子自己會帶財來，妳不要多想，船到橋頭自然直，一定會有辦法把孩子帶大的。」王醫生勸著女病患。

「王醫生，我知道你的孩子都大了，假如我把孩子生下來，你可以收養他嗎？」女病患突然這樣提及。

「這……這……」王醫生一下子語塞，他真的沒想到女病患會提出這樣的要求。

「我怕我自己也活不了多久，孩子送到你家，我真的可以安心，你放心，我絕對不會去找你們、給你們添麻煩的。」女病患求著王醫生。

「我已經有三個孩子了，這真的不在我和我太太的計畫中。」王醫生非常為難的說道。

女病患不斷的說著自己成長過程的辛酸，還說無親無故的她，不希望肚子裡的孩子步上她的後塵，希望能夠在孩子生出來之前，就把孩子安排在好人家，讓他有個好一點的起點，不過王醫生當下依舊沒有答應這件事。

結果隔了幾天，卻傳來非常不幸的消息……

當天央求王醫生收養自己肚子裡的孩子的女病患，竟然在醫院的洗手間上吊身亡，帶著她肚子裡的孩子一起離開這個世界。

「她的病也不是醫不好，為什麼要選擇這種路呢？」

「就算不想要孩子，也犯不著用這麼極端的方法。」

「還在醫院做這種事，一點都不會替別的病患著想。」

其他病患和醫護人員都窸窸窣窣的討論著這件事，沒有人知道這位女病患曾經請求王醫生收養她肚子裡的孩子，可是王醫生自己卻非常內疚，回家跟太太提及這件事……

「這又不是你的錯！」王師母聽王醫生描述這件事後，不斷的勸王醫生別想那麼多。

「總是有種罪惡感，非常過意不去。」王醫生難過的說道。

「這樣就有罪惡感？這樣你的罪惡感會沒完沒了的多。」王師母擔憂的看著自己的先生。

「的確是這樣，每天在醫院的工作繁重，看了太多悲傷的事情，其實心裡並不好受。」王醫生說當醫生真的是個命苦的工作，真不知道為什麼會有這麼多學生想考進醫學系。

「你可千萬別這麼多，你的大兒子、二兒子可都是醫學系的學生，包括你自己都是。」王師母說王家是最沒有資格說這種話的家庭。

「總覺得當初一口答應了她，或許她也不會走上絕路。」王醫生嘆了很大的一口氣說。

「拜託！我可不想再要個孩子，我們家已經有三個小孩了，你也幫幫忙，別給我找麻煩。」王師母要王醫生別一時衝動，真的麻煩到的人可是她。「而且養孩子是一輩子的事情，你不會到現在還不明白這點？」王師母覺得很奇怪，王醫生還真的有動念頭要收養孩子。

「我們台灣人真的都很奇怪，孩子一定要親生的，妳看國外的人收養孩子，各種膚色都有，他們的觀念比起我們健康多了。」王醫生說不僅僅是台灣人，亞洲人在這方面的觀念都比較保守。

「沒辦法，我們就是個重視血統的地方。」王師母要王醫生趕快打消收養孩子的念頭，好好把醫學系讀完才是正事。

王醫生這把年紀當實習醫生非常考驗體力，尤其跟一些年輕的醫學生相比，更顯得王醫生這個「老」實習醫生有種力不從心的尷尬。

「可是很奇怪，病患就是喜歡你。」有位實習醫生問起王醫生，他到底有什麼祕訣？

「也沒什麼，就是多花點時間聽病患說自己的狀況而已。」王醫生說他真的沒有什麼祕訣。

「可是這麼多床病患要照顧，你怎麼有時間做這件事？」實習醫生說，剛剛還有個老太太，她生了十個孩子，十個孩子加上孫子輩，每個人都很關心她的病況，他在走廊上被他們纏了很久，光一個病患的家屬就夠煩了！

「我知道，你也盡量做到最好了。」王醫生說他有看到實習醫生被包圍的情況，那真的不容易做到。

「不過，我很羨慕王醫生，對自己的目標這麼清楚，我到現在還不知道到底要不要在醫學中心繼續待下去。」實習醫生說著他的迷惘。

「年輕人，我才羨慕你呢！我的年紀是你的兩倍，比你清楚人生的目標，這一點都不稀奇！」王醫生笑著說道。

而王醫生果然也順利的通過實習，考上醫師執照，成為一名真正的醫生。

「王醫生，這下子就沒有人可以在你背後說你是個假醫生了。」王醫生在家鄉開了一間小診所，上門來看病的病患恭喜王醫生成為一名合格的醫生。

「丟臉啊！五十幾歲了才真的變成醫生。」王醫生不好意思的說道。

「王醫生是為了我們這些病患才去考醫學系的，我們感激你都來不及，這一點都不丟臉。」另外一名病患自己用竹藤編了一把椅子，說坐起來很舒服，要王醫生試坐看看。

「真的，阿宏，你編竹藤的技術真好，這把椅子坐久了應該都不會累。」王醫生說要把這把椅子放在診療間，自己就拎著藤椅進診療間。

「你不嫌棄就好，王醫生每次看診都看很久，問得很仔細，椅子一定要用好一點的。」阿宏笑著說道。

這時候門口突然走進一個女病患，頓時王醫生的診所都安靜下來，連剛剛講得正起勁的阿宏都閉嘴了。可是當女病患走進診療間後，此起彼落的窸窣耳語像海浪一樣翻了上來……

「那不是阿月嗎？」

「就是！還沒結婚就挺了個大肚子，你們說這像不像話？」

「她是不是在碼頭那邊駐唱？」

「沒錯，那種地方怎麼會是個好地方！一定是在那裡亂搞，把肚子搞大了！」

其他在診所的病患們還在那裡討論，阿月的父母死得早，她沒人管，才會弄成今天這種局面。

此時在診療間的王醫生關上了門，非常客氣的問阿月：「怎麼樣？有去做產檢嗎？」

阿月點了點頭的說：「王醫生，你都聽到外面的人說的話了吧！」

「不要理他們，妳好好過自己的日子，把孩子平平安安的生下來最重要。」王醫生好言的勸著阿月。

「王醫生，你覺得我到底要不要留下這個孩子？」阿月非常認真的問王醫生。

「為什麼要這樣問？孩子的爸爸不要這個孩子？」王醫生疑惑的問阿月。

「孩子的爸爸是個船員，是我在駐唱的店裡認識的，他說要回來娶我，可是到現在，我肚子大了他都還沒回來，我看是沒指望。」阿月嘆了很大的一口氣。

「妳自己的意思？」王醫生問阿月。

「我們家只剩下我一個人，本來想說有個孩子來跟我做伴也是好，可是……」

阿月說到一半就說不下去。

「怎麼了嗎？」王醫生溫柔的問起阿月。

阿月回頭指了指診療間的門外，對王醫生說：「你也知道我們這裡是個小地方，什麼事都傳得很快，他們這些街坊鄰居、三姑六婆說我都說成這樣，將來又不知道會怎麼說我的孩子？我怕孩子會承受不了，會怨我……」

「以我當醫生的立場，我是不會勸人家拿掉孩子。我在戰爭時看了太多人想活

卻活不下來；當醫生時每天也陪著病患跟生命搏鬥，我們怎麼可以不珍惜生命？」王醫生這麼說時，突然想到他在當實習醫生時遇到的那位女病患，跟阿月講的這些彷彿都像倒帶一樣，讓王醫生好生感觸。

結果阿月被王醫生這麼一說後，也決定要留下孩子，王醫生和王師母還常常帶些營養的食品去看阿月，怕她自己一個人吃得不夠好。

「王醫生、王師母，這怎麼好意思，你們老是拿東西來給我。」阿月收到這些食物時，總是非常靦腆，覺得自己麻煩到他們兩位。

「別這麼說，妳自己就一個人，我們在同個村子當鄰居也這麼久了，我還是個醫生，多照顧妳也是應該的。」王醫生說道。

「只有你們不怕我麻煩到你們，其他人好像都躲我躲得遠遠的。」阿月自己揶揄著自己，不過這樣的說法跟事實也頗吻合。

王師母安慰著阿月：「妳現在想這些有的沒的一點意義都沒有，倒不如安靜自己的心情好好待產，對妳和孩子都好。」

「是啊！師母說得一點都沒錯。」王醫生連忙附和。

「妳到時候生產，要不要我們陪著妳去？」王師母好意的問阿月。

「沒問題的，我可以自己去。」阿月說那位婦產科的主治醫生跟王醫生一樣都是個好人，她很信任那位醫生。

「那就好，那我們就等著妳的好消息。」王醫生點點頭說。

結果王醫生和王師母回到家中，正好自己的三個孩子都放假在家，一家子也討論起阿月的事情。

「阿月就是妳的鏡子，一個女人把自己搞成這麼苦命的樣子，實在沒有半點好處。」王師母對著小女兒耳提面命的說道。

「妳也真無聊，孩子好好的放假回來，妳就不能說點好聽的，要講到這種程度？」王醫生說自己太太說得也太過頭了。

「我是在提醒自己女兒，眼睛放亮一點，談戀愛時要保護自己，我這麼說也不對嗎？」王師母義憤填膺的說道。

「媽媽就只管小妹，所以我們在外面把人家的肚子搞大了就沒關係囉！」王家的二兒子取笑著自己的媽媽。

「你欠打呢！我們如果把人家的肚子搞大，媽媽可能會比對方的爸媽，先一步把我們的腳給打斷。」王家大兒子裝作心有餘悸的說著。

「知道就好，你們媽媽我就是那種超級老派的人，像阿月這種未婚生子的事，簡直是超出我的心臟承擔的範圍。」王師母搖搖頭。

「阿月打算自己養這個孩子嗎？」小女兒問起自己的爸媽。

「要不然要怎麼辦？不自己養，難道那個跑掉的船員會自己調頭回來要孩子去養嗎？」王師母問自己的女兒。

「不一定啊！阿月可以把孩子送到社福機構，他們可以幫忙處理孩子領養的問題。」王家的小女兒說現在這種事都有專職的社工處理。

「應該還是會自己養吧！」王醫生覺得阿月還是渴望有個孩子來陪她，畢竟她一個人在那個家，也是怪寂寞的。

「我先提醒你喔！可別又大發慈悲，在那裡考慮要收養這個孩子的事。」王師母像是在說一個笑話一樣的說起這件事。

「爸爸會做這種事？」小女兒不相信的問道。

「嗯……」王醫生支支吾吾起來。

「之前他在實習的時候，遇到一個女病患央求他收養孩子，說是希望孩子在好家庭成長，結果他真的有動心在考慮呢！」王師母到現在說起這件事還是猛搖頭、覺得有點不可思議。

「不是這樣的啦！」王醫生連忙搖頭。

「要不然是怎麼樣？」小女兒對這檔子事非常有興趣。

「我一開始就拒絕她了，也說要跟你們的媽媽商量，沒想到隔沒多久，她就在醫院上吊自殺，讓我有點內疚，是不是當初答應她的話，可以挽救兩條性命？」王醫生唉聲嘆氣的說。

「爸爸，如果你一直這麼想的話，你會有收養不完的小孩！」二兒子說這種事在醫院滿多的。

大兒子也附和著二兒子的說法：「是啊！我們只是人，不是神，沒有辦法每個人都救。」大兒子還說，這是在醫院工作就要有的概念，要不然一輩子當醫生都會活在內疚當中。

「我沒讀醫學院，我都這樣跟你們的爸爸說。」王師母一聽到大兒子的說法，就得意洋洋的說自己有先見之明。

「爸爸的好心，有時候真的是到了濫情的地步。」小女兒對著王醫生猛搖頭。

「真的，我也覺得你們的爸爸是這樣。」王師母聽到小女兒的說法，她點頭如搗蒜的笑著。

「我在這個家真的很沒有地位，只能服從你們媽媽的領導。」王醫生笑著說道，不過他說這話的時候還嘻嘻哈哈的，一點也不以為意的樣子。

這一家子在此時此刻，任誰看來，都是個幸福的家庭，只不過沒多久，就有一件非常重大的事情衝擊著家裡所有的人……

03 傷心的結局

阿月在家中待產的情形，全村都默不作聲看在眼裡，心底不知道把她想成什麼德性。就在離預產期剩不到一個月時候，突然來了件不知道該算是喜事還是怪事……

「阿月，嫁給我好嗎？」有個人某天闖進村裡，一股腦就是拉人說要找阿月，大家正疑惑這下又發生什麼事，就聽到這男人在阿月家門口大聲嚷嚷，而且居然是求婚！

阿月在家中百感交集，這男人，其實並不是肚子裡孩子的爸。當初她以為孩子的爸是真愛，死心塌地的跟了他，誰知道漸漸發現他常到城裡待個兩三天，回來身上一毛錢都不剩，還得跟她這個駐唱的小歌手拿錢。原來，他風流慣了，不肯專守一個女人，城裡那麼多花枝招展的，多吸引人。

某一天，孩子的爸甚至瀟灑的拋下一句：「我要走了，妳保重，我以後再來娶妳。」然後拍拍屁股上了船，從那天起到現在隻字片語都沒有。

阿月的駐唱生涯當中，總培養了些死忠歌迷，他們為阿月的歌聲著迷，送花送禮物是平常，約吃飯約看電影的也大有人在，其中就包括了門外這位。

他叫李先生，也是船員，阿月自從懷疑自己懷了船員的孩子以後，開始拒絕跟這些人見面，李先生不明所以，但船要開了他也沒辦法，只得走人。

這次又回到台灣，一下船習慣到餐廳想聽阿月的歌聲，老闆卻以尷尬的表情告訴他阿月「在家休養」，到底生了什麼病，老闆也不說，一勁兒低頭擦杯子，讓他覺得事有蹊蹺。

晚餐時間，李先生走進一間熱炒店，雖說是熱炒，但因為在碼頭邊有來自世界各地的客人，從泡菜到墨西哥捲餅都賣，是船員們的愛店。

「你知道嗎？那個駐唱歌手懷孕了！」

「哈，都不知道是誰的種。」

李先生聽到這些外國人的奚落，心裡一驚，想到餐廳老闆曖昧的態度，開始懷疑阿月該不會是懷了孩子……

李先生想起阿月隻身一人要面對這種情況就心疼不已，當下決定要擔起家庭的責任，所以就跑到村裡。

「阿月妳開門！」李先生不顧外面村民越聚越多，狐疑的眼神愈來愈多，當然耳語也愈來愈大聲。

阿月覺得放任他在外面大喊也不是辦法，開了門把李先生拉進來。

「我們不可能。」阿月第一句話就斬釘截鐵的說。

李先生深吸一口氣：「我知道妳會拒絕我，但請讓我試試看。」

「你沒辦法想像的！」阿月的眼睛開始蓄淚。

「有什麼好不能想像的，就妳生了一個孩子，我們三人共組家庭啊！」李先生理所當然說道。

阿月崩潰大哭：「可是這孩子的爸是個黑人！」

李先生愣在當場。的確，社會上忙不迭的稱讚孩子「是混血兒，像洋娃娃一樣」時，說的幾乎都是白人混血，要稱讚膚色深的，也頂多是拉丁美洲混血，尤其在保守的鄉下，老一輩還是保有「黑等於髒」的觀念，這種種族歧視得到他們的下一代才能稍稍解除。

李先生咬牙：「請給我一個機會。」他不知道自己能不能接受，但對於阿月，他是有十足的信心想保護她的，所以還是提出這個要求。

「你不要勉強……」阿月說得很小聲。

李先生握住她的手：「相信我，讓我照顧妳，也給孩子一個爸爸。」

衝著這句話，阿月點頭了，於是他們隔天便到戶政事務所登記，阿月從此成了李太太，村內的耳語也似乎漸漸減少了……

這件事讓王醫生、王師母都很開心，認為多個人照顧總不是壞事，李先生看來為阿月盡心盡力，還跟船公司請了假，專心陪產。沒多久，李家夫婦便前往醫院待產去了。

「唉，這女孩子也真是命運多舛，好在現在有個好男人願意照顧她。」王師母有次在診所櫃檯前跟其他村民聊天談到阿月，感嘆的說。

住隔壁街的林媽媽聽到這句話，卻壓低聲音的說：「是不是個好男人，可不一定喔！」說完還左右張望，好像怕誰聽到一樣。

「為什麼這樣說？」王師母問道。

「妳想想，李先生這種年紀的男人，當船員薪水也不錯，為什麼要無緣無故幫一個女生，人家肚子裡的孩子還不知道是哪來的種，正常人誰受得了？」林媽媽喝了一口水。「要不是喔，李先生腦袋壞掉，就是他別有所圖，不然將來也一定會出問題的啦！」

王師母皺起眉頭：「也不要這樣說，搞不好他真的很喜歡阿月所以願意幫她，世界上還是有好人的。」

「我不相信現在有什麼年輕人是好人啦，好人只到我們這一代就絕種了，像王醫生就是少數的好人之一……」林媽媽繼續抬槓。

這天回家，王師母心事重重的樣子讓王醫生看在眼底。

「怎麼了，什麼人讓妳煩心了？」王醫生在餐桌上問。

王師母嘆了口氣：「阿月的事啦，我實在有點擔心她。」

「她不是跟先生去待產了嗎，發生什麼事？」王醫生聽到是阿月的事，立刻放下筷子擔心的問道。

王師母說：「就是她先生的事，一般人很難接受這種狀況，要是到後來她先生受不了決定離開，那阿月該怎麼辦？」

王醫生聽了也有點擔憂：「這……說的也是，但現在我們旁人也不能說什麼，就靜觀其變吧。」

過了兩天，只見一台計程車停在阿月家前，然後就再也沒有見人出入了。雖然是喜獲麟兒，卻不像其他村民一樣買油飯、紅蛋什麼的，這果然又在地方上惹起一陣閒話。

「哎呦，怎麼都沒消沒息的，到底是有沒有生啊？」林媽媽這天到診所拿藥，又跟王師母聊起這件事。

「妳們不知道喔？」坐在一旁的陳太太突然插嘴。正在對話的兩人一臉茫然，完全不知道她指的是什麼。

「唉就是啊……」陳太太欲言又止，「阿月生了一個黑人啦！」

「黑人，怎麼會這麼慘！」林媽媽馬上皺起眉頭。

「黑人好像也沒有不好……」王師母試著以正確的態度說。

陳太太揮了揮手：「黑人當然不好，聽說喔，黑得跟炭一樣，連頭髮都跟電視那些非洲人一樣捲毛捲毛的，很難看啊。」

「是啊，明明也不是沒有白人去聽她唱歌，幹嘛找一個黑人搞成這樣。」王師母聽林媽媽和陳太太越講越偏激，心底越為阿月擔心，便沉默不語了。

隔天周末不看診，王師母就拉著王醫生去阿月家敲門，拎了一整袋又是補品又是孩子用得到的東西準備給阿月。

「叩叩叩……」

奇怪，怎麼都沒人應門。

「阿月，有人在家嗎？是我，王醫生啊。」王家夫婦往屋內喊著，希望裡頭有人聽到。

安靜了好一陣子，門突然吱呀一聲開了一條縫。

「阿月！」王師母看到的阿月，產後沒有好好調養，一臉憔悴的樣子，而且臉上還有說不出的哀傷。

阿月默默的領兩人進屋，待他們坐下後又不發一語的走進廚房似乎是要泡茶。客廳裡的王家夫婦對看了一眼，奇怪，李先生呢？

阿月顫抖著捧出兩杯茶水，杯內的水晃得都要潑出來了。王師母見狀趕緊上前接過水杯。

「阿月……」王醫生遲疑的開口，阿月聽了忍不住開始掉眼淚。

王師母和王醫生此時大概心裡有個底了，但也不知道到底是發生什麼事。

「他騙我！」阿月突然崩潰大喊，「他說要陪我要照顧我的，為什麼突然消失了！」

「這……」王家夫婦一時不知道該怎麼接話。

「哇！」房間內傳來嬰兒的啼哭聲，大概是被阿月剛剛的喊叫嚇到了，阿月擦擦眼淚，起身進房間安撫。

沒多久，阿月抱著嬰兒出來，坐回客廳。

「是不是因為他長這樣，所以李先生才決定離開我的？」阿月掀開裹著嬰兒的被子。

其實這個嬰兒五官端正，濃眉大眼也算是中國面相學的好樣貌，就是皮膚比巧克力還黑，頭髮跟蝸牛殼上的螺旋一樣捲。

「很可愛啊！」王醫生和王師母小心翼翼的稱讚。

阿月低頭看了看孩子：「可是他沒有爸爸了，不管是生理上還是名義上，都沒有了……」阿月低頭啜泣。

「沒有了！」她突然抬頭大喊，懷中的嬰兒再度被嚇醒，又大聲啼哭起來。

在阿月抽抽噎噎的說法當中，王家夫婦得知李先生當初的確是陪著阿月到醫院去，不管她說想吃哪家的麵羹、想看什麼報章雜誌，都立刻照辦。

這麼濃情蜜意，到了分娩當天，醫生問李先生要不要進產房，李先生大力點頭，決定全程陪在太太身邊，看著阿月痛得撕心裂肺的樣子，最後終於生出一個嬰孩……

「呃，李先生恭喜，你有了兒子。」醫生語氣有點尷尬。

護士在旁邊稱讚：「膚色好健康呀！」

什麼健康，明眼人一看就知道這絕對不是亞洲人生的小孩，皮膚黑成那樣，連一點點阿月的嫩白肌膚都沒遺傳到，生父的基因非常強勢。

阿月看向李先生，他的臉色有點不對勁，但還是努力笑著、握緊阿月的手，讓她安心。

但這天李先生跟阿月說他要出去買嬰兒用品以後，就再也沒有回到醫院了。

阿月在病房內獨自躺著，看著百葉窗外的太陽從正午到傍晚，最後一片漆黑，父母早逝的她，也沒什麼朋友，更不用說什麼鄰居之類的怎麼可能會來探望她這種人，醫護人員的噓寒問暖對她來說只是更凸顯自己的寂寞而已。

到了出院那天，批價小姐說所有款項先前就已經結清了；大概是李先生臨走前順手做的好事吧。

阿月站在醫院門口，還有一絲絲期望李先生會突然出現，但站了十幾分鐘，她

嘲笑自己為什麼會天真的認為那個把自己丟在醫院不聞不問的人會來呢？

最後，她還是自己一個人攔了計程車回家，一開家門就發現李先生原本留在家裡的東西，已經清空了，只有桌上多了個白色信封。

「阿月，對不起，我一定得離開。妳恨我一輩子也沒關係，這裡留了十萬元，算是給妳小孩的一點補償。」一張便條黏在簽好名的離婚協議書上，附了一疊鈔票，這就是阿月短暫婚姻的句點。

「哎呦，他這個人怎麼這樣……」王師母難過的說。

王醫生也不知道該說什麼，只能憂心忡忡的安慰阿月：「沒關係，有什麼問題我們都會幫妳的。」

「我是不是根本不應該生下他！」阿月六神無主的問。

王師母語塞，望向王醫生，後者難過的說：「不應該這樣想的啊，每個生命都應該被尊重，也都有他的獨特性……」

「你們看他這個樣子！」阿月又把被子掀開，小嬰兒因為突然接觸到冷空氣，嚇了一跳，又開始哇哇啼哭。

阿月說：「他這種樣子，一定會被其他小朋友欺負的，我自己就算了，他該怎麼辦？一個沒有爸爸的孩子要找誰幫他出頭？」

王醫生說：「妳……先別想這些了，船到橋頭自然直，這中間有什麼問題妳盡量來找我們，我們一定會全力幫忙解決的。在這之前先好好休養吧，明天妳王師母再帶麻油雞來。」

阿月看著手中又睡著的孩子，其實也不知道該怎麼辦，謝過王家夫婦帶來的食品、補品，關上大門以後，自言自語的說：「孩子啊，你到底為什麼這麼命苦呢？我都不知道自己撐不撐得下去了……」

隔天，王師母與王醫生又來敲阿月家的門；王醫生的診所待會要開門，但心底總覺得不放心，還是抽空先跟太太來看一下。

「叩叩叩……」

「阿月、阿月？我們是王醫生跟王師母……」王醫生又探頭往屋內喊。

王師母突然發現門前地上躺了一個塑膠袋，裡頭看似有一個信封……

「王醫生、王師母，對不起，我撐不下去了，大家都要離我而去，就讓我任性這一次，離開這個世界吧！這孩子就麻煩你們了，我對不起他也對不起你們。」

王醫生與太太看完這張紙條，驚恐的對看了一眼，王醫生趕緊上前撞門，王師母顫抖著拿出手機撥一一九……

已經來不及了，後來法醫研判大概是在王醫生與王師母來的前兩個小時，阿月便已自殺身亡。

「王醫生，你準備怎麼做？」檢察官跟王醫生很熟，事情不必講太明就知道彼此的意思。

「我準備……領養他。」王醫生猶疑半晌後，篤定的回答。

檢察官看向站得遠遠的王師母：「師母那邊的意思呢？」

王醫生堅決的表示：「這件事因我而起，我也答應過阿月一定會幫忙，大丈夫不可言而無信。」

04 麻煩人物

「不准！我絕對反對到底，你自己決定要領養那你自己養，我們兩個就……就離婚！」

「媽，不要這樣。」

「爸，你也真是的，這種事可以自己決定嗎？」

王家客廳氣氛非常糟糕，阿月的事發生當天，王醫生在晚餐餐桌上，突然默默說了一句：「我要領養那個嬰兒。」就悶不吭聲繼續吃飯了，王師母嚇得摔破了碗，而且不論她怎麼說，王醫生都充耳不聞，她只好電話急召三個孩子回家評評理，兩個醫生兒子和老師女兒連忙開車趕回家中。

「我好不容易把你們養大，你們現在過得不錯，我真的很開心，但要我這把年紀再來一次？絕對不要！」王師母態度堅決。

「那個嬰兒是因為我堅持才被生下來的，我也答應過阿月會全力幫忙，現在發生這種事，這就是我能做的了。」王醫生同樣堅決。

「你明明可以找一個年輕的好人家養他，我們提供物資金錢上的幫助，為什麼要攬到自己身上？而且你在外看診，到頭來還……還不是我在照顧？」王師母氣得差點岔了一口氣。

王醫生看向自己的太太：「妳也知道，村裡人是怎麼看這個混血兒的，妳應該也有點排斥所以才不願意吧。」

「你也知道！我都這把年紀了還要應付外界的眼光、質疑，而且領養的孩子可能遇到各種相處上的問題，為什麼我要面對這種事，不能享享清福？以這個孩子的狀況，可能把他送到國外讓外國人領養，對他會是比較好的一條路，你又何必自己一肩攬下來呢？」王師母越講越難過，想起大半輩子省吃儉用、盡心養育三個孩子，真不知道自己老了為什麼還要接這種重擔。

「媽，爸也是一番好心……」大兒子說。

王師母高聲質問：「你是說我心腸不好嗎？」

「哥絕對不是這個意思，只是您也知道育幼院什麼的單位品質不見得很好，就是因為您把我們三個教得出人頭地，爸才會覺得對那個嬰兒來說，我們家是他最好的歸宿啊。」女兒說得合情合理。

王師母哼了一聲，不回話，王醫生說：「拜託妳了，我知道我這輩子一直都在拜託妳，需要妳忍耐、獨立，就像我四十歲才去考醫學系一樣，很多很多事情，但妳都能處理得很好，所以可不可以再幫一次忙？」誠懇的態度，讓王師母也軟化了下來。

「孩子現在在哪裡？」她問。

王醫生說：「在醫院，檢察官說要辦收養的話這幾天就得處理，否則就要交給社會局了。」

「我……應該沒有辦法把他當自己的親生孩子看待，你覺得這樣好嗎？」王師母知道自己已有預設立場。

王醫生想了想：「把他好好的養大，讓他身心都健健康康的成長，我相信妳可以的。」於是師母勉強同意王醫生隔天去辦理領養手續。

「他要叫什麼名字呢？」二兒子問。

「我們三個中間名分別是仁、義、禮，最小的當然就是智啦！」女兒說。

大兒子想了想：「那就『智凱』如何？」

王師母搖搖頭，王醫生知道她的心思，開口說：「既然他的爸爸是外國人，我們可以想個洋派一點的。」他知道，太太其實很介意這孩子不是自己親生的。

「那……恩典？」大兒子想到一個。

小女兒突發奇想說：「不然就取英文的天使，Angel，音譯成『安綬』如何？」

「妹妹這提議不錯，這也算是一種對他的祝福吧。」二兒子表示同意，看來三個子女都接受多出一個新弟弟了，王醫生感到非常欣慰。

只是王師母還是很不開心：「什麼祝福……」

於是，王家就這麼多了第四個孩子。

安綏小時候，王師母當然還是買了很不錯的嬰兒用品，衣服也都特別挑不傷肌膚的品牌，但怎麼做就是怪怪的。

「王師母啊，你們家那個小黑人……」

「什麼小黑人，沒禮貌，人家有名有姓的，叫什麼安、安什麼的我也給忘了，真是不好意思啊。」

這種對話在診所天天上演，地方上的三姑六婆其實也不是壞心，她們當然很敬佩王家願意收養阿月的孩子，只是那種根深蒂固的「非我族類」的想法，一直都盤旋在大家的腦海中。

「我受夠了！」王師母有天回家對王醫生生氣的說。王醫生一臉疑惑的看著自己的太太，結婚幾十年來，她第一次發這麼大的脾氣。

「那個安綏皮得跟猴子似的，餵他吃飯是一大工程，陪他玩又是一大工程，

我都這把年紀了，拜託你行行好，饒了我吧？」王師母看來的確非常疲憊，也不怪她，人家在逗弄孫子的年紀，她卻得親帶一個孩子。

王醫生溫和但堅定的說：「沒有辦法，這是我們答應過阿月的，妳記得嗎？」

「幫忙也要有個限度啊！而且那句話是你說的，我可沒答應到這個程度。」王師母越說越生氣。

「拜託妳，把他帶到成年以後，我們就算責任終了了，好嗎？」王醫生試著安撫太太。

「趁現在他還小，我們還是可以把他送到國外去領養，我真的很累，承擔不了教養安綏的責任，我……我實在沒有辦法把他當成這個家的小孩來帶。」王師母說出自己心裡的話，可是王醫生似乎也沒有打算做出另外的解決方法。

總之，安綏就在這樣的氣氛下長大，王師母帶前面三個小孩的時候，很快的就讓他們學會說「爸爸」、「媽媽」，但這次可不一樣了。

「媽媽……」安綬還不滿三歲，王師母就先將安綬寄到幼稚園的托育班，至少白天的時間她可以清閒一點。

「我說過什麼？」她截斷安綬的叫喚，轉頭問他。

安綬有點困惑：「不可以叫媽媽……可是妳是媽媽啊。」在幼稚園，安綬學到家裡會有爸爸跟媽媽。

「王、師、母。」王師母字字用力，要安綬重複一遍。

安綬有點口齒不清：「王、斯、母？斯母是什麼？」

「是很棒的人。」王師母隨口回應。

「不是媽媽？」安綬問。

「我不是你媽媽。」王師母再次強調。

安綬只懵懵懂懂知道家裡有爸爸，「好像」沒有媽媽，這種奇怪的狀況讓他在幼稚園裡也遇上了麻煩……

「你是黑人，髒死了！」

「頭髮好噁心喔。」

「我爸爸媽媽說，你沒有爸爸媽媽，哈哈哈！」

安綬聽了最後這個同學的奚落，馬上反駁：「誰說我沒有？我有爸爸，他很厲害，是世界上最好的爸爸。」

同學馬上聽出蹊蹺：「喔，所以你還是沒有媽媽，好奇怪喔，哈哈哈！」

這就戳到安綬的痛點了，他不知道該怎麼回，也覺得這又不是他的錯，有什麼好奇怪不奇怪的……

「哇啊，老師，他打我！」剛剛取笑的同學馬上被安綬用積木狠狠敲了一下額頭，流下殷殷血絲。

老師從教室另一頭飛奔而來，迅速掏出手帕止血，一邊喝令：「王安綬，你去罰站！」

安綬站在牆角，小小的腦袋開始想，如果同學沒有取笑他，他就不會生氣、也不會打他了，而且為什麼同學亂說話就沒有被處罰呢？難道是因為自己沒有媽媽嗎？想著想著，安綬就站不住了，轉身就衝到正在玩的同學之間，舉起積木箱就到處亂甩，然後把牆壁上貼的大家的畫全都撕下來，用力踩。

老師剛帶受傷的學生去辦公室擦藥回來，一到教室差點暈倒：「王安綬，你過來！」

已經大班的安綬很清楚這是挨罵的意思，因此躲到牆角縮起來，堅決不肯移動，一有人靠近就大吼大叫。

「喂，請問是王師母嗎？是這樣的，安綬他……」老師們束手無策的情況下，只好打電話請王師母來幫忙解決了。

王師母在趕到幼稚園的路上非常緊張，雖然已經不是第一次為了安綬惹了麻煩而趕到學校，但之前也不過是推倒全班午餐的湯桶、不做作業還把圖畫紙剪成碎

屑，出手傷人可是第一次。

「弟弟你有沒有怎麼樣？」王師母到了教室，第一件事是蹲下來關心流血的小朋友。

「王媽媽，王安綏打我好痛，還流血了！」小朋友哭喪著臉告狀。

王師母摸摸他的頭說：「對不起喔，我回去一定會處罰安綏，好不好？」小朋友點點頭，王師母這才站起身，看向躲在角落的安綏。

「王師母，真是不好意思……」老師們都是當地人，知道王醫生與王師母都是好人，安綏其實也不是他們的責任，這對夫婦願意領養孩子已經是給這孩子很大的幫助了，是安綏自己不珍惜。

王師母搖搖頭說：「不用不好意思，是安綏太過分了，我回去會好好管教他的，真的很抱歉。」說完走到角落，硬是扯起安綏的手，將一臉憤恨的他拖出教室帶回家。

「王安綬，你為什麼要打同學？」一回到家，王師母就坐上沙發興師問罪。

安綬不說話。

「我真不知道我們王家哪裡欠了你，為什麼今天要落得這般田地……」王師母自顧自的抱怨起來。

但她如果有仔細看，就會發現安綬其實很努力的咬著下唇，不願意讓淚水滑下來；安綬也不知道，到底他是欠了誰，為什麼要被生下來，結果到哪裡都被欺負，去便利商店買東西被店員緊緊盯著他的臉瞧，好像這輩子沒見過黑人一樣；去公園想找人一起玩，但每次幾乎都只能見到因為他來就鳥獸散的人群，更不用說每天走在街道上有多少叔叔伯伯阿姨嬸嬸都「很不小聲」的談論王師母有多可憐多辛苦，安綬有多難帶。

這天在晚餐餐桌上，安綬用湯匙有一搭沒一搭的戳著飯，被王師母看到了：「不想吃就拉倒，回房間去。」她說。

「為什麼要這樣呢？安綬，你不想吃嗎？要長大就要吃飯喔。」王醫生覺得太太對個幼稚園孩童也太兇了。

「你不知道他今天在幼稚園幹了什麼好事……」王師母義憤填膺的將他打傷同學的事一五一十的告訴王醫生。

王醫生聽完以後問：「那你願不願意告訴爸爸為什麼你要打他？」

安綬搖搖頭。

「你看，就是這副德性，教人怎麼喜歡得起來啊？」王師母越講越生氣。

安綬終於忍不住說：「因為……他笑我沒有媽媽。」

王師母愣了一下，收起生氣的態度，卻換上冷漠的口吻說：「你媽媽生病死掉，這很久以前就說了。」

「才不是，以前有同學說媽媽是討厭我所以自殺的，他們還說我們家沒有媽媽很奇怪……」安綬越說越小聲，也開始克制不住淚水。

王醫生說：「你的媽媽很努力把你生下來，怎麼會討厭你呢？」

安綏大哭：「如果她喜歡我，為什麼我現在沒有媽媽？為什麼要把我丟到這個大家都討厭我的世界？我希望……我希望這個村子被水淹沒！」

這天就在大家哭成一團當中落幕，但安綏的心理還未平復、王師母也還是無法將他當成自己的孩子，王醫生夾在兩人中間也不知如何是好。

「那等下外面領藥，心臟病是慢性病，只要按時回診檢查、平時多注意飲食運動就好了。」王醫生對一個老病患說。

老病患正準備走出診間，突然轉頭說：「王醫生，聽說之前阿月的孩子，是你主動說要領養的喔？」

王醫生這麼多年來已經很習慣這種問題了：「是啊，多養一個可愛的小孩沒什麼不好啦。」

「但是我女兒在幼稚園當老師，她說那個小孩很惡劣，應該是天生就差了，這樣不是很麻煩嗎？」老病患問。

王醫生一時不知道該怎麼回，老病患繼續說：「我知道王醫生人很好啦，可是這種事情很麻煩的咧；連我家孫子那麼煩，我女兒都制得住了，王醫生家的小孩這樣真的不行啦。」

「可是我也答應人家了啊。」王醫生說。

老病患揮了揮手說：「這阿月自己搞出來的問題，怎麼可以丟給王家自己就走了，你把小朋友養到現在也很夠了，差不多可以送到什麼育幼院之類的了吧？」

王醫生搖頭拒絕：「現在他才在成長，這時候放棄他一定會害了他，我至少要養到他成年吧。」

「哎呦，那還有十幾年！」老病患驚呼。

王醫生說：「是啊，但這是一定要做到的，我當初既然收養了這孩子，就有該負的責任。」

老病患搖搖頭出去批價了。

安綏，也就這樣上了小學，幾乎每個月都要王師母三番兩次到學校向校方或是同學陪不是，賠償金額事小，每次擔心的是錢解決不了的問題，但安綏愈來愈不聽話，連王醫生的話都不聽了，才小學高年級，有時候就會蹺課出去不知道跟哪些朋友閒晃，讓王師母氣個半死、王醫生憂心忡忡。

05 問題學生

安綏這個小麻煩，隨著上了國中之後，更是變成一個問題人物，是老師、同學眼中的不良學生。

這天，同學們在教室裡討論著……

「王安綏這個問題學生，這次總會派上用場吧！」一位女同學在座位上突然提及這個話題。

「派上什麼用場？」另外一位男同學也跟著好奇起來。

「妳是說最近學校要辦的籃球比賽嗎？」又有位女同學加入討論。

「就是那個籃球賽，王安綏這個黑人總會有點用處了吧！」最先說到這個話題的女同學笑著說。

「應該是吧！妳看NBA籃球賽的黑人多厲害，王安綏這個捲毛、厚唇的小黑人好歹有點這樣的基因吧！」男同學跟著訕笑的說道。

「難說喔！說不定王安綏偏偏就是遺傳到所有不好的細胞，就是那個不會打籃球的黑人。」最後加入的女同學自己邊說邊笑到直不起腰來。

「王安綬來了！我們問問他本人！」男同學望著從教室外面走進來的安綬，在座位上嚷嚷的說道。

安綬看到同學們圍著他，沒好氣的反問：「擋什麼路啊？」

「王安綬，我們要問你，到底會不會打籃球，這可是你為我們班貢獻唯一的機會了！」最先開頭的女同學問起安綬。

「打籃球？」安綬狐疑的反問，他不知道同學們提這件事做什麼。

「最近學校要籃球比賽，我們班還指望你出力啊。想說國中生的喬丹會不會就是你王安綬？但又怕你根本不會打。」男同學一說完，全班都笑了起來。

「打籃球？我不……誰說我不會？」安綬說得有點心虛，他真的不會打籃球，可是被同學們這麼一逼問，他又拉不下臉說不會，只好隨便亂扯。

「真的！那真是太好了，黑人還是有黑人的用處。」有位女同學這麼說道，其他人則是一片掌聲，直說籃球比賽就交給安綏了。安綏平常完全沒有被同學們喝采的經驗，大家這麼一拍手，他就暈陶陶的，還爬到桌子上接受大家的歡呼，彷彿他已經打贏了這場比賽一樣。

「怎麼辦？可是我真的不會打籃球。」安綏心裡這樣想著，可是同學們對他的期待太深，他完全拒絕不了這種英雄式的歡呼，只好硬著頭皮下場去打。

安綏參加的這場籃球比賽，未演先轟動，拜班上同學所賜，在學校內為安綏大加宣傳，很多人都衝著來看安綏展現NBA的球技。

「王安綏說會打得跟喬丹一樣喔？」

「是啊！安綏可是我們班的祕密武器。」

「真好，早知道我們也把王安綏搶來我們班，只要他一個就夠了。」

在場邊，其他班上的同學不斷的跟安綏班上的同學詢問，王安綏的身手是何等的厲害？

結果哨音響起，在開球之後沒多久，場邊就掀起一片的謾罵聲和叫囂聲……

「這叫做喬丹的身手嗎？王安綬打籃球打得比我還要差！」

「就是嘛！這樣竟然還要找我們來看，簡直就是浪費我們的時間。」

「王安綬是怎麼回事？什麼都不好！一個黑人連籃球都打不好！」

在球場上打籃球的安綬，聽到這些話就停了下來，他對場邊的觀眾們喊著：

「誰說黑人就要會打籃球？」

結果安綬班上的一位同學就說：「王安綬你說這話一點都沒道理，是你自己說你會打籃球的，我們還給你英雄式的歡呼過了，這根本就是騙票，不會打就早說嘛！害我們跟著你一起丟臉。」

安綬聽到這些話後，臉上一陣青一陣白，其他班上的同學則是跟著抱怨：

「真的就是這樣，一點都沒錯，早說不會打就好。」

「別的黑人都會打籃球，只有王安綬不會。」

「可能他不是純粹的黑人，他是混血的雜種。」

安綏一聽到「雜種」這兩個字後，頓時所有的血液像是往他的腦門衝了上來，他氣得大吼大叫、從籃球場往校門衝了出去。

「你們就是從來不覺得我是你們的同學，當我是個雜種……」安綏在心裡怒喊著，這時候校外有兩位中輟生正好飛車經過安綏的學校，他們兩個急煞了下來問安綏話……

「這不是王安綏嗎？」金髮小子、名字也很洋派的陸大衛問起安綏。

「今天少來煩我，我快氣死了。」安綏對著大衛吼著。

「就是看你煩，才想找你一起來散散心啊！」另外一台摩托車上、穿著像是日本高中生服的男生盧福全這麼對安綏說。

「我這台摩托車讓給你騎，我跟福全騎一台，一起去兜兜風、散心吧！」大衛把摩托車交給安綏。

「我今天一定要好好的飆一飆，要不然難消我心頭之恨。」安綬說到這裡，還是氣憤難平的模樣。

「我們兩個最近發現一條超級直的大路，一定要帶我們安綬老大一塊去飆一飆。」福全騎在前座上喊道，坐在他後頭的大衛則是嚷著：「衝！衝！衝！」三個人兩台車頓時揚長而去。

到了晚上，安綬他們三個人飆車飆夠了、吃飽喝足後，兩台車才騎到王家放安綬下來。

王師母看到安綬和大衛、福全一起回來，在門口就發飆的罵著：「安綬，你怎麼又跟這兩個不良少年在一起？」

安綬立刻回瞪王師母一眼說：「因為我自己就是不良少年，這樣有問題嗎？王……師……母……」安綬說「王師母」那三個字時特別用力，因為王師母的確不准安綬叫她「媽媽」，她要安綬跟著其他人叫她「王師母」。

「你看看、你自己去照鏡子看一看，這種凶神惡煞的樣子，我們王家有欠你嗎？」王師母邊講邊咳嗽，彷彿連罵安綏的力氣都沒有了。

「有！妳既然不愛我，又為什麼要把我領回來？」安綏講到這裡，彷彿怨氣更是深了。

「安綏……」這時候王醫生從屋子裡走了出來，他叫著安綏的名字，王師母還不等他說完話，就對著王醫生說：「看看你做的好事，如果你不帶這個孩子回來，我們日子是很好過的，可以享點清福，你真的是會給我找麻煩！」說完之後，王師母就衝回屋內。

王醫生則是看著安綏和大衛、福全說：「你跟你的朋友一塊進來屋子裡吧！我跟你們三個聊聊。」

「我們回家好了，王醫生，改天再來找你聊天。」大衛看苗頭不對，他坐上自己的機車，發動引擎準備回去。

「今天學校有人來診所……」王醫生話沒說完，安綏就接著說：「來告狀的是不是？說我沒上學，跑去飆車了對不對？」

「安綏，好好的跟爸爸聊一聊，爸爸是真的關心你。」王醫生苦口婆心的說道，安綏則是一屁股坐到大衛那台摩托車的後座，要大衛和福全快騎走，他現在還不想進家門。

「不好吧！安綏老大，王醫生就在這裡。」福全有點害怕的說道，畢竟在這種小地方，大家對醫生都非常尊重，尤其王醫生在這一帶是出了名的好醫生、大善人，大部分的人對他是敬重有加。

「走啦！你囉唆不囉唆？」安綏吆喝著要福全和大衛快騎走。

「那……王醫生，我們載安綏再去散散心，等等馬上送他回來喔！」大衛也用賠不是的語氣跟王醫生說明，兩台車又「咻」的騎走。

安綏要大衛和福全把車子騎到學校附近，他們三個在校門口停了下來……

「安綏老大，這時候來學校做什麼？」大衛不明白的問安綏。

「一定是學校跟王醫生、王師母說了一堆有的沒有的，讓我們安綏老大這麼不開心，學校那些無聊的老師專門做這種無聊的事情，我和大衛碰多了。」福全煞有其事的說道。

「真的，這些老師都不檢討自己把學校弄成監獄一樣，還要我們一定要上學，一點反省能力都沒有。」大衛立刻附和起福全的說法。

「他們為什麼要我去上學，再讓我在學校被羞辱？」安綏在校門口吼著，他覺得從小到大，周圍的人就是瞧不起他，他為什麼要忍受這樣的對待？

「是啊！我們安綏老大又沒有做錯事！」福全點頭稱是。

「那我們給學校這些混蛋一點顏色瞧瞧好了。」大衛在一旁搧風點火。

「我老早就看學校不順眼，對！一定要給這些人看看我們的厲害。」福全也覺得大衛的主意好。

「你們車子裡有什麼傢伙嗎？」安綏回頭問起大衛和福全。

「要傢伙為什麼要在機車裡找？我們可以到別的地方去抄過來，要什麼有什麼！」大衛老聲老氣的說。

「也是！」安綏點了點頭，然後跟大衛和福全騎車去找傢伙來。等到他們三個再騎車到校門口時，他們三個人的手上各拿了一根棒球棍還有各種顏色的噴漆，三個人翻過牆就進到學校裡面。

「怎麼沒有看到值勤的老師？」大衛好奇的問安綏，他說學校不是有老師輪流值夜的嗎？

「管他！可能在休息室睡死了吧！我們做我們的，不管有沒有老師值勤，我們一樣照做。」安綏哼了一聲說道。

於是安綏他們三個人，就在學校裡拿著棒球棍，看到玻璃就敲，還拿噴漆到處亂噴……

「安綬老大，要不要去你班上發洩一下？」大衛提醒安綬，安綬立刻說好，他今天對於班上同學簡直就是氣炸了。

「那就去安綬老大的班上，把你想說的話都說給同學們聽好了！」福全哈哈大笑，說安綬手上的噴漆可以派上用場。

安綬三個人用棒球棍在安綬的班上到處亂敲，這回不僅是玻璃窗戶，連課桌椅都沒逃過……

「為什麼我是個黑人就要會打籃球？」安綬每用棒球棍一敲，嘴巴裡就喊著這句話。

「對！」

「為什麼？」

大衛和福全也跟在安綬的後頭，跟著邊喊邊敲。

「看不起我，你們又有多了不起嗎？」安綬愈敲，火氣似乎愈來愈大，他又拿著噴漆在教室裡面亂噴，他的兩個跟班也跟著又敲又噴。

「安綏老大，既然都弄成這樣，就在黑板上題字吧！」大衛慫恿著安綏，用噴漆在黑板上寫下給大家的話。

「好好好！這個主意好！」福全說，這樣他明天很想跟著安綏老大一起來學校，看看老師和同學看到黑板上的噴漆題字會有什麼反應？

「這樣我也想來上學，一定比老師寫的多了！」大衛惟恐天下不亂的說道。

「題什麼好呢？」安綏反問大衛和福全。

「安綏老大覺得班上的老師和同學都是什麼樣的人？」大衛問起安綏。

「我覺得……他們都是爛人！」安綏回答著。

「那就寫爛人啊！」大衛說，反正也沒有別人在，就誠實的把對老師、同學的看法都寫在黑板上。

「而且用噴漆寫上去，板擦是擦不掉的，哈哈哈！」福全想到黑板上會有「爛人」兩個字，他的心情爽快的不得了。

「對！就是爛人。」安綏用力的點了點頭，還把手上的噴漆先在地上試噴看看，他準備大展身手，在黑板上洋洋灑灑的寫上「爛人」兩個字。

「這就是一個爛人組成的班級！」安綏還沒有噴上漆，他在班上大聲的吼著，夜裡的學校特別的寂靜，安綏吼的聲音似乎還有回聲，聽起來像是有很多的「爛人」一樣。

「加油！加油！」

「安綏老大，用力的噴上你的書法吧！」

大衛和福全在教室裡先跳起舞來，幫安綏助陣，要他趕緊在黑板上「開光」、「題字」。

「你說錯了！不是書法，這是油畫！」福全糾正大衛的說法，他說這是油漆所以要叫油畫。

「管他這是什麼？我們安綏老大開心最重要。」大衛說噴在黑板上的字可重要了，這是我們安綏老大立下的里程碑，這年頭還沒有人敢在黑板上噴字，頂多只在學校的牆上。

「有什麼不敢的！」安綏邊這麼說，立刻就用噴漆在黑板上噴上大大的「爛人」兩個字。

噴完之後，大衛和福全紛紛鼓掌叫好，還跑到教室的最後面駐足觀賞，邊看邊狂笑。

「安綏老大，這下子你一定得要退學了！」大衛在教室後面笑著說，歡迎安綏加入他們兩個中輟生的行列。

「退學就退學，這個學我早就上膩了。」安綏不以為意的說道。

「可是明天我一定要跟你來學校，這實在是太精彩了，想到老師要上課時，看到黑板上這兩個大大的爛人，真不知道他的臉上會有什麼表情？」福全這麼說時，還故意做出一張囧臉，模擬老師看到的模樣。

「管他有什麼表情？反正在這個班上的每個人，都只是爛人而已。」安綬冷冷的說道。

「安綬老大，這樣會罵到你自己喔！」福全提醒著安綬。

安綬沒有回答，可是他在心中更冷的說著：「我也是個爛人，這沒有說錯啊！」

06 引發爭議

第二天，學校裡果然引起一場風暴，一大早就有許多老師跑去校長室找校長，包括安綬的導師李老師。

「這一定是王安綬做出來的好事！」有位老師對著李老師這麼說。

李老師嘆了很大的一口氣說：「不用別人告訴我，我也知道是王安綬做出來的好事。」

「校長，你一定要叫王安綬轉學，這樣下去怎麼得了，學生們要如何上課？」剛開始起頭的老師這麼說道。

校長面有難色的說：「我們這裡是學校，如果孩子一有什麼不對，就叫他轉學，我們這樣算是為人師表嗎？」

「可是，校長，我已經不知道該怎麼教王安綬了！」連安綬的導師都贊成要安綬轉學。

「李老師，我們再一起試試看，好嗎？」校長力勸李老師。

「不可以這樣，我甚至覺得要把王安綏送到警察局去，這種破壞的程度，已經構成刑法上的犯罪。」另外有老師建議，如果不要王安綏轉學，送到警察局去也是一種方法。

「這不是個方法，這裡是學校。而且，王安綏的爸爸王醫生，我個人一向非常尊敬他。」校長解釋給前來理論的老師們聽。

這時候有位男老師說話了：「我教過王醫生家的小兒子，他們家三個孩子，兩個是醫生、最小的女兒也是老師，三個人都教養得好好的，連這樣的家庭都教不好王安綏，我們學校有什麼辦法？」

「我也跟王醫生和王師母談過很多遍了，真的是沒辦法教這個孩子，我也認為送到警察局、或是讓王安綏接受少年感化教育，可能是比較好的方法。」李老師覺得她什麼方法都試過，她真的無能為力。

「你們的意見我都聽到了，我會再想想辦法，今天就請大家先善後。」校長這麼說道。

回到教室的李老師，立刻要王安綏去拿香蕉水去掉黑板上的「爛人」兩個字。安綏自從走進學校之後，就不避諱的承認是他找外面的朋友一起用棒球棍毀損校物……

「黑板上這兩個爛人的字也是你噴的？」有同學問起安綏。

「是啊！就是我。沒錯，就是我。」安綏一臉淡定的回答。

「你的意思是說，你是一個爛人嗎？」有個同學摸不著頭緒的問安綏。

另外有個同學則敲了一記問話的同學說：「廢話，他當然是說我們是爛人，哪有人自己噴自己是爛人的？」

「安靜。」李老師聽到同學們的討論後，要大家少說一點，還要安綏趕緊去拿香蕉水去除油漆。

這時候王醫生和王師母急急忙忙的來到教室門口，看著教室一片狼藉的模樣，王師母連忙在門口問說：「李老師，對不起，妳找我們來……」王師母沒有接下去說話，不過心裡有數到底是怎麼一回事了，她在說話時，連個正眼都沒有看過安綏，王醫生則是非常擔心的望著安綏。

「李老師，妳放心，我們家一定會賠償學校的損失。」王醫生跟李老師賠著不是，還追問學校總共損失的金錢大約是多少。

「王醫生、王師母，你們來得正好，我帶你們一起去找校長談談。」李老師連忙帶著兩位去校長室，王師母這時才回過頭看了安綏，可是眉頭緊皺，一絲一毫的好臉色都沒有。

「王安綏你完蛋了，你媽媽看起來很氣你。」有位同學提醒安綏。

「那不是我媽媽，她是王師母，我怎麼可以高攀人家。」安綏糾正著同學的說法，他說的也是王師母一貫的說法。

「也對，你是王醫生、王師母收養的小孩，這是全世界都知道的事情。」那位同學點了點頭，安綏忍不住吐了句「放屁」給那位同學。

「你有空在這裡放屁，倒不如趕緊去拿香蕉水去掉黑板上的字。」另外有同學提醒安綏。

安綏這下子倒是乖乖的去找工友拿香蕉水，走到教室的時候，他把香蕉水倒了一點在抹布上，擦向黑板上「人」字的右邊那撇……

「還真的可以塗掉。」安綏自言自語的說道，但這香蕉水的味道讓他覺得有點好玩，摸了摸自己的口袋，正好有個打火機在那裡，這是安綏和大衛、福全哈菸時候用的，他突然很想做個實驗看看。

安綏把打火機點起火來，靠在他用香蕉水塗掉的人字那撇上，結果「轟」的一聲，只要是塗過香蕉水的地方都著起火來……

「哈哈哈！好壯觀啊！」安綏看到黑板上的「人」字燃起火來，自己笑得開心極了，可是班上的同學無不尖叫……

「王安綏，你在搞什麼鬼啊？」

「你是想燒死我們全班嗎？」

「來人啊！快救火！」

這時候有位同學跑到教室外面，拿了滅火器照著平常防火練習的做法，對著黑板上著火的地方噴出泡沫，這才把火給熄滅。

即使火熄滅了，教室外面還是擠滿了人，李老師和校長、王醫生與王師母也趕到安綏班上的教室外面，李老師看到這一幕，她忍不住對校長說：「我受夠了！校長你有你的教育理念，我不做了總行了吧！」李老師當場辭掉安綏班上的導師職務，王醫生和王師母則是滿臉尷尬的站在校長旁邊。

有同學對安綏說：「你看，都是你害的，讓我們班上沒了導師，我看有誰敢接我們班的導師。」

這位同學說得沒錯，校長接下來真的找不到老師來當安綏的導師，還有老師對校長說：「校長，你這麼有愛心，就自己跳下來當安綏的導師好了！」

校長也只能苦笑著說：「你們放心，我已經有對策了。」

「如果有就好。」那位要校長跳下來當導師的老師悻悻然的說道。

有天，王醫生隻身來找校長，王師母並沒有一塊兒來……

「王醫生是來找我嗎？」校長想到王醫生這時候來，安綏班上也沒有導師，想必王醫生一定是來找自己的，就這麼問道。

「校長，您現在方便談談嗎？」王醫生客氣的說道，校長立刻將王醫生請到自己的辦公室。

「真的很對不起校長，我們家的安綏給你和學校惹了這麼多的麻煩，我一直很過意不去。」王醫生連忙跟校長道歉。

「王醫生你千萬不要這麼說，我是一直非常感念你對我們鄉里的貢獻……」校長發自內心的這麼說道，可是卻被王醫生接下去的話給打斷：「這跟我們家孩子闖

的禍畢竟是兩碼子事，我今天來是想問問校長，如果真的覺得我們家安綏很麻煩，是不是需要我們家長主動轉學？」

「雖然一直有老師這麼建議，可是我自己的教育理念是學生來到我的學校，不好就要想辦法把他改好，這才叫做學校，如果連這點都做不到，只要孩子不乖，我就要他轉學，這樣只能稱作是補習班，沒有資格叫做學校。」校長搖搖頭說，他不想這麼做，也已經想辦法要解決這個問題。

「校長有什麼解決的辦法？」王醫生請教校長。

「我可是有祕密武器的喔！不過還不到能說的階段。」校長說王醫生不能小看他，他當校長也這麼久了，多少有些別人不知道的人脈。

「讓校長費心了，當初把安綏收養下來是我個人的意思，我太太並不樂意，這也造成了安綏心理上很大的傷害，更是加深了我的內疚，眼看這個孩子的行為愈來愈乖張，真的不知道該怎麼辦？也不知道自己這樣做到底對不對？」王醫生說出自己的擔心與痛苦。

「我大概聽說了王醫生收養安綬的過程，相信王醫生當初的發想是一種美意，我也希望能幫助安綬往更好的路上走，才不枉費當初王醫生的心意。」校長有感而發的說道。

「謝謝校長，我是真的已經不知道該如何幫忙安綬這個孩子了。」王醫生這幾天為了安綬闖的禍，眼看著頭上的白髮又多生出許多。

而同一時間，正在教室裡的安綬，看著黑板上一直沒清掉的兩個字「爛人」，自己在座位上卻笑得可得意了。安綬自言自語的說：「這下子可就沒人敢叫我拿香蕉水擦掉那兩個字了吧！」

有個女同學立刻回嘴說：「對，王安綬，你厲害，大家都怕你把學校給燒掉了。」

「我可沒有要燒學校的意思，只是聽說香蕉水是易燃物，很想試試看是不是那

麼容易點燃。」安綏把一隻腳翹在桌子上後，伸了個大懶腰的說道。

「王安綏，你這個人有沒有點羞恥心啊？自己闖了這麼大的禍，一點內疚都沒有，如果是我，早就不好意思自己轉學到別間學校去了。」已經有同學忍不住趕起安綏，希望他能「自我解決」。

「這可不行，我還想跟大家做很久、很久、非常久的好同學呢！」安綏誇張的跟全班宣佈，自己又得意的笑了起來。

「當好同學我們擔待不起，只希望你可以安分一點，讓我們有導師可以來上課，有書能夠讀。」有位女同學嗆起安綏。

「你最好別太囂張，我聽說校長有找到祕密武器可以對付你。」有位男同學這麼說道。

「祕密武器，難道是假面超人嗎？」安綏說了這話之後，還自己覺得頗有幽默感，自己非常捧場的笑著。

「這真的很好笑，雖然不是什麼假面超人，聽說也是個怪物老師。」稍微從別間學校聽到消息的男同學說著。

「怪物？」有人問那位男同學，怎麼會有老師是用「怪物」兩個字來形容的，安綬對於這個問題也相當有興趣。

「聽說那位老師曾經幫助學校，平息過校內的暴走族。」男同學聽來的消息是這樣。

「什麼是暴走族？」安綬不太明白的反問。

「像你和那些中輟生一起騎著飛車的行為，就叫做暴走族。」男同學指指安綬，不要懷疑，他現在就是貨真價實的暴走族。

「就是騎騎快車，也沒有殺人放火，緊張個什麼勁？」安綬覺得大家有點大驚小怪。

「你沒有殺人，可是放火了。」有女同學補充說明。

「那也不是故意的，我不是說過了嗎？」安綏覺得同學們真不瞭解他，如果真想要放火，一定不是這種規模而已。

「好像那間學校有暴走族嚴重的暴力事件，本來要引進警察來處理學生，可是那位老師力勸校長，不要把孩子送到警察局，結果獨自成功的處理好校內暴力事件。」男同學說他在報章雜誌上有看到這篇報導。

「真有那麼了不起的老師，那我可要好好的會一會他。」安綏自顧自的說道，旁邊還有位男同學忍不住對他說：「你可別把人家老師給嚇跑，拜託，讓我們有個老師來當導師。」

「我可沒有故意去嚇李老師，是李老師自己害怕辭掉導師的。」安綏為自己叫屈，不過同學們紛紛表示不以為然，還有同學再次提醒安綏：「能不能拜託你敢快把這兩個大字給去掉，寫在黑板上非常難看，其他老師上課也不方便。」

「黑板那麼大，那兩個字以外的地方都可以寫，也沒有哪個老師叫我把字去掉啊！」安綏大搖大擺的笑道。

「那是因為老師都怕你，不想惹你，你知道嗎？」同學解釋給安綏聽。

「喔！原來是這樣啊！既然如此，我就留著給新來的導師看看，讓他欣賞我努力完成的書法作品。」安綏得意洋洋的笑著。

「喔！真是有夠卑劣的。」那位同學說安綏明明就是要給新老師下馬威，還說得這麼好聽。

「我最近在練習說好話，你們不是都跟我有一句、沒一句的搭話嗎？」安綏其實還滿享受沒有導師的班級生活，他發現自從沒有導師之後，自習的時間變多，同學們也少了個地方可以告狀，他和同學「相處」的時間變多了，雖然大家跟他總是在鬥嘴，不過這好像也是一種「交流」，跟大衛、福全在一起一樣的有趣，甚至更為有趣。

「我看，在新導師來之前，我先幫忙把這兩個字去掉好了。」有位熱心的男同

學說道，他還準備去工友伯伯那裡要香蕉水來去漬。

「請問大爺，這樣子做可以嗎？」有位同學怪聲怪氣的問起安綬。

「隨便，你們高興就好。」安綬也不是那種惡霸，基本上他並不會要同學一定要照他的意思做。

「如果是這樣，我就要去找香蕉水來處理囉！」男同學真的走出教室去找工友伯伯。

「香蕉水拿來了。」男同學說道，還要安綬可別拿出打火機來。

「我今天沒帶打火機來，你不用擔心。」安綬把口袋翻出來，證明打火機不在他身上。

就在那位男同學打算用香蕉水擦掉黑板上的噴漆時，有位穿著全套運動服的男人站在教室的後門問道：「那兩個字是你寫的嗎？」

正準備塗上香蕉水的男同學回過頭去問：「你是在跟我說話嗎？」

「是的，我就是在問你。」男人點點頭。

「不是，這不是我寫的，是王安綬噴上去的。」男同學連忙撇清不是他，還指指安綬。

「那你就不要幫他擦，是誰做的，誰就要負責。」男人說完這句話後，就看向聚集同學目光的安綬，安綬聳聳肩、不表示任何意見也不為所動。

07 火爆田雞

「你是誰啊？隨便跑到我們教室來指指點點的，你憑哪一點啊？」安綬斜斜的瞄了那個男人一眼。

「我先去一個地方，待會就過來告訴你我是誰，不過在那之前，記得收拾自己做的好事，把黑板清理乾淨。」男人對安綬說了，又走出教室。

之前講到新導師的男同學突然說道：「這會不會就是傳說中……我們班的新導師？」

「你以為你在編連續劇還是畫漫畫？什麼傳說中的導師，說得跟真的一樣。」另外有位男同學這麼取笑提供消息的男同學。

「管他傳說不傳說，誰來當我們班的導師，我都要做我自己，我王安綬高興怎麼樣就怎麼樣。」安綬睥睨的說。

到了快放學時，校長果然領著剛剛那位穿了整身運動服的男人來到安綬的班上，校長向大家介紹：「這位是田雅彥、田老師，他負責的學科是體育，是校長特

別從別的學校請來當我們班的導師，請大家鼓掌歡迎他。」校長在講台上自己拍手拍得最起勁，可是班上的同學都有點面面相覷。

「天啊！我們班已經沒有老師來當導師，淪落到要體育老師來做。」

「就是說嘛！我是第一次聽到有體育老師當導師的。」

「都是王安綬害的，可能大家都覺得要當我們班的導師非得要練功夫才行。」

校長最後總結的說：「那麼今天也快放學了，同學們打掃一下教室就回家，明天來學校時就有一位新的導師田老師。」

就在同學們正在準備打掃教室時，田老師突然發現安綬不在，他問其他同學：「剛剛不是請那位王安綬同學把黑板整理乾淨嗎？」

「王安綬剛剛背著書包離開教室，說是跟他朋友約好有事。」有位女同學跟田老師報告。

田老師一聽到這裡，立刻就往教室外面衝，他準備去找王安綬回來清潔黑板，就在校門口，安綏正準備要坐上大衛和福全的車時，田老師檔在車子前面……

「田老師，你不是明天開始才當我的導師？」安綏不耐煩的說道。

「不是明天，我今天就來報到，今天就是你的導師。」田老師正色的說。

「你來這間學校，就是專程來找我麻煩的嗎？」安綏挑釁。

「我剛剛已經跟你說過了，要你去清潔黑板。」田老師再次聲明，不過這次的語氣非常堅定。

「我今天沒那個心情整理黑板，閃啦，我還有事要辦。」安綏說到這裡，順手拿起摩托車腳踏板位置的棍棒往田老師的方向揮去，結果田老師連人帶棍的把安綏往學校內拖著走，最後還把棍棒給搶了過來，讓安綏重心不穩跌倒了。

不過田老師的動作有點粗魯，很多校門口附近的老師、學生看見都嚇了一跳，紛紛打聽起這個人是誰。這時候安綏突然站了起來，狠狠的揍了田老師的肚子一拳，田老師也不遑多讓，當場就給了安綏一巴掌。

「這是王安綏他們班新來的導師？」有位老師目睹了這一切，覺得不可思議，立刻要衝到教師休息室跟其他老師討論。

安綏和田老師並沒有因為這樣而停下腳步，兩個人在地上扭打了起來，看起來是田老師佔上風，最後順利的拖著安綏到自己班上去。

「把黑板上自己噴上去的字給去掉。」田老師對安綏說道。

「我今天不想做這件事。」安綏把臉撇到一邊去。

「那你打算什麼時候做？」田老師繼續問。

「等我高興的時候。」安綏酷酷的說。

「你什麼時候會高興？」田老師再問。

「恐怕很難有這樣的時候。」安綏翻了翻白眼。

「那你滿可憐的，連高興都沒有辦法。」田老師笑著說道。

「換作你是我，我看你也很難高興得起來。」安綏頂回去。

「為什麼？」田老師問安綏。

「你如果全身黑皮膚、醜死的捲頭髮，又加上一張厚唇，你在這裡生存看看，看你高興不高興得起來？」安綏冷冷的說道。

沒想到田老師立刻用手往板溝抹了一把，往自己臉上塗了粉筆灰，把自己的臉弄得亂七八糟的問安綏說：「這有什麼好不能高興的？」

安綏看到田老師那一臉灰頭土臉的樣子，他忍不住大笑了起來……

「喔！這樣是說你高興了？」田老師問安綏，要不要自己去清除黑板上的字。

安綏搖了搖頭，可是田老師也不勉強安綏，他跟安綏說：「反正你不要指望我或同學幫你清乾淨，你自己做的事情要自己收拾，那個黑板等著你來清。」

最後田老師還加上一句：「我也絕對不會把你交給警察，你是我的學生，我就有義務告訴你什麼是對的，你不是罪犯，罪犯才是歸警察管。」

安綏聽到這裡，不發一語的往教室外面走，田老師把自己的立場說清楚了，也

沒有硬要安綏留下來，安綏突然覺得這個田老師跟別的老師不太一樣……

「感覺上他跟我好像是同一種貨色。」安綏對大衛和福全這麼說田老師。

「打起架來很有架式。」大衛說體育老師還是不太一樣。

可是田老師這一番「打起架來很有架式」的初試啼聲，已經把校內的其他老師全給嚇個半死，有老師還透過關係去調查了一下田老師，事後趁著田老師不在的時候跑到教師休息室來宣揚……

「我們這位新來的田老師有個綽號叫做『火爆田雞』！」男老師嚷嚷著。

「『火爆田雞』！這個綽號滿適合他的，跟我在校門口看到的一樣，當了這麼久的老師，生平第一次看到老師跟學生扭打，他跟我們學校的王安綏還真是絕配，註定要來當他的老師。」一旁的女老師悻悻然的說道。

「他體罰學生的方式曾經受到家長會和其他老師的質疑。」男老師聽到的消息是這樣。

這個時候校長剛好走進教師休息室，有老師就問校長：「為什麼要找田老師來我們學校，他在別的學校的體罰方式頗受到爭議。」

「太暴力！這樣的暴力老師，校長為什麼要他來我們學校。」不少老師問這樣的問題。

「我覺得田老師有他自己一套跟學生互動的方式。」校長淡淡的說道。

「這下可好了，本來我們學校只有暴力學生，這下子可又加上個暴力老師，我看乾脆把警察局搬來學校好了。」先前說話的男老師在那裡抱怨著。

校長對田老師的信任也沒有得到家長會的支持，家長會一直希望安綏能夠轉學，如果校長堅持安綏要留在學校，家長會就希望警察能進入學校，如果有突發的暴力事件，警察可以立即處理。

這天在朝會時，輪到安綏當值日生在教室裡打掃，安綏望著黑板上那兩個「爛人」的大字，他從抽屜裡面拿出香蕉水。這罐香蕉水，安綏從家裡拿來了很多天，

他一直在想到底要不要拿出來用，可是又怕同學笑他。安綬對田老師有一種非常特別的好感，他總覺得田老師似乎懂得他這個人，和其他老師不太一樣，雖然他的打罵比起以前的老師都嚴厲許多，「可是他是把我當成自己人」安綬心裡有這樣的想法，「有的老師對我很客氣，可是都感覺得出來，那些人只是希望我少給他惹來麻煩。」這的確是安綬的心裡話。

於是安綬找出一條抹布，他沾了一點香蕉水，把人字整個擦乾淨。這時候香蕉水不夠擦「爛」那個字，安綬又沾上一些，把「爛」字的火字旁給去掉，又回到座位上重新加上新的香蕉水。

就在這個時候，有個班上的男同學跑來教室拿東西，看到安綬時，他賊賊的對安綬說：「王安綬，你的好日子剩沒多久了！」男同學此時並沒有注意到安綬正在清理黑板上的字，他似乎只顧著想講自己想說的話。

「是怎麼樣？」安綬沒好氣的問起。

「警察來我們學校了，剛剛家長會長在朝會時宣佈，絕對不向暴力妥協，只要再有暴力事件，一定會讓警方介入。」男同學跟安綏說，這一定是衝著他來的，要安綏自己小心一點。

「騙子！一樣都是騙子！」安綏一時怒火攻心，他覺得自己真是個笨蛋，竟然相信田老師的話。

「說什麼絕對不會把我交給警察？說什麼我是他的學生？根本就是騙我的，最後還不是像切割腫瘤一樣，要把我切割出去。」安綏有一種全然受騙的感覺，他心想：「好啊！反正你們希望我跟警察走，只要別在這個學校就好，我就成全你們！」安綏在教室裡面找起棍棒，找了老半天都沒有順手的，只好拿起課椅，直接往玻璃摔去，後來連課桌也直接摔，反正就是要把教室摔個稀爛。

有個經過的女同學，看到安綏在教室的情景，她立刻尖叫：「警察、快點，警察快點來！」

跟在她後頭的一位級任老師也說：「這是怎麼一回事？才在朝會說要杜絕暴力，教室就有學生在搞破壞，這真的需要警察來了。」

就在這個時候，田老師跑到教室走廊前，他要那位老師先不要找警察……

「這我不能聽你的，這是學校，不是你家，我們學校有學校的規矩。」女老師不顧田老師的意見，逕自往操場方向走去。

田老師這時候衝進教室，大聲的質問安綬：「王安綬，你在搞什麼鬼啊？」

安綬則是對著田老師吼著：「你閉嘴，少在那裡假惺惺的，直接把我送給警察就好了。」

而警察、校長、家長會長還有其他的老師、同學，在這時候也都來到安綬的班上，田老師對著教室外面的校長說：「校長，先不要動用到警察，讓我跟王安綬談談，先不要把他交給警察……」

家長會長非常生氣的說：「我就是擔心學校會包庇暴力，才自己帶著警察局長來學校，你們看，被我抓個正著，這個學校就是有這樣的暴力學生，為什麼不送給警方處理，快抓起來啊！」

「校長，不行，讓我跟孩子談談，請你信任我這一次。」田老師用近乎哀求的語氣拜託校長。

校長被夾在田老師和家長會長中間，他顯得有點為難，不過他稍作停頓後說：「會長、警察先生，先讓我們學校的老師處理吧！」

「不行，校長這樣的做法太消極了。」家長會長抗議。

「會長，我畢竟還是這間學校的校長，我可以做主。」校長正色的說道。

「好！你看我會不會把你這個校長給弄走，如果弄不走的話，我就要替我的女兒轉學。簡直就是不可理喻，敬酒不吃吃罰酒。」家長會長悻悻然的帶著警察局長離開，校長跟田老師點了點頭也跟著離開，還有許多老師跟在校長的後頭，拚命的說：「校長，應該把這裡交給警方處理才對，這就是最典型的暴力事件。」

田老師看到情況稍微緩和後，他突然轉過身去看著黑板驚訝的說：「王安綬，你在清黑板了，你用去漬油去掉爛人了！」

「有點常識好不好，不是去漬油，那叫做香蕉水。而且，我也還沒有完全清完。」安綬冷靜的說。

田老師則是激動的抓著安綬的肩膀說：「可是你願意清掉這兩個字了，是你自己主動要去清除的。」

安綬並沒有回應田老師，他覺得很多事情都還需要觀察，不過田老師似乎激動得眼眶含著淚水。

「我說過，不會把你交給警察，我並沒有說謊，你是我的學生，我就有義務教好你，不會隨隨便便把你交給警察。」田老師再三的聲明，安綬不發一語，不過從剛才的對話當中，安綬大概也心裡明白，田老師和校長都反對動用警察，只是家長會長和其他的老師想要安綬離開學校。

就在這個時候，在校長室還有另外一場激辯，許多老師都進到校長室想跟他「理論」。

「警察都來了，為什麼不交給警察處理，最後又交給田老師？」很多老師的看法和校長截然不同。

「我覺得要給田老師和安綏再一次機會。」校長說道，不過有點沒信心。

「再一次的機會要給到什麼時候？王安綏已經不是第一次這樣毀損校物，我們學校是活該幫他處理善後嗎？」有位男老師直說，校長的行為就是鄉愿。

「其實王醫生有全額負擔王安綏損毀的校物，學校並沒有多花錢。」校長解釋給其他老師聽。

「這不只是錢的問題，那麼其他學生該怎麼辦？是不是只要出錢，大家就可以高興亂摔東西，這種觀念不正是老子我有錢的偏差嗎？」另外一位女老師說道。

「對啊！還有大家全部要被王安綏那個毛孩子牽著鼻子走，現在再加上一位暴力的田老師。」又有老師加入反對安綏和田老師的陣營。

「可是……」一位年輕的女老師說話了，不過她是一位代課老師，在學校裡並不是很受重視。

「劉老師，妳想說什麼？沒關係，妳儘管說。」校長對這位年輕的女老師示意，似乎想聽聽她的意見。

「我剛剛在走廊上發現，王安綏好像有把黑板上的噴字給去除了，只剩下半個字還沒有清。」劉老師說她一直有注意安綏有沒有主動的清除噴字，尤其是聽說田老師聲明過，別人都不准動，要留著讓王安綏清理。

「真的嗎？那個孩子願意主動的清理噴漆，這已經是個天大的進步。」校長非常高興的說。

「剩下半個字還是字，這有什麼了不起的？就好像暴力老師，打得就算輕一點，還是暴力。」有位男老師不以為然的說。

「或許那個孩子懂得田老師跟他溝通的方式，他們之間正在產生化學變化，我們真的應該給他們兩個一點時間。」劉老師有自己的看法，校長則是不斷的點頭。

「代課老師就是缺乏經驗，看事情一點都不全面，我們來教書又不是只教王安綏一個孩子，其他學生都是木偶嗎？我們不可以只偏袒王安綏，而不顧其他學生的受教權和家長的看法。」這位女老師直接踩著劉老師的痛處，要她這位非正職的代課老師少發表意見，劉老師聽了之後也立刻噤聲。

08 儲藏室的課程

就在安綏和田老師的狀況漸有好轉時，安綏的家裡卻有了變化……王醫生的小女兒，帶著兩個女兒搬回家裡來。

王家的小女兒結婚結得早，學校畢業、當老師沒多久之後就結婚了，接連生了兩個女兒，現在也都已經讀小學，分別是小四和小一。原本他們都住在夫家，對方的家庭是個大家族。

起初也過得滿幸福的，無奈天有不測風雲，女婿騎車出車禍，拖了幾天還是回天乏術，王家的小女兒頓時成為寡婦。

更糟的是，她的妯娌們還擔心她這房要分財產，就在她公婆的面前說了不少閒話，還說她生的兩個都是女兒、沒有兒子，繼續待下去也只是養出賠錢貨，王家的小女兒聽不得這種話，也擔心在那個環境下繼續下去會對女兒的成長帶來傷害，和王醫生、王師母商量過後，就決定帶著兩個女兒搬回娘家來，也轉學到附近的小學教書。

安綏稱呼王家的小女兒為姊姊，姊姊本來對安綏不錯，還會主動勸王師母對安綏好一點，可是自從她搬回王家之後，可能自己心裡有著強烈的不安全感，對安綏的態度也就愈來愈差。

「安綏，你要原諒姊姊，她這一年來經歷太多事情，先是先生過世，帶著兩個女兒又被夫家排擠，她心裡很苦，你不要埋怨她，給她一點時間她一定會變回來原來對你好的姊姊。」王醫生有察覺到安綏的變化，他主動的跟安綏說了這些話。

可是很多事情，不是安綏可以跟王醫生說的，他只能把苦往肚子裡吞……

像是安綏的生日跟姊姊的兩個女兒很接近，可是姊姊和王師母在幫兩個小女孩過生日時，一點都不會記得安綏的存在，只會一勁兒的幫兩個女孩買蛋糕、禮物。

特別是王師母，安綏常常覺得她有點故意，比起姊姊還要誇張，總是張羅兩個外孫女的一切，把安綏全然當成空氣。

有一天，安綏還偷聽到王醫生跟王師母的談話……

「妳也不要做到這種程度，也不想想安綏看到心裡有多麼的難受。」王醫生提醒王師母。

「我怎麼了嗎？我是虐待了王安綏？」王師母的表情看起來一點都不明白王醫生說的是什麼。

「我是說，我們家的小女兒搬回來住，妳就把整個心放在兩個外孫女身上，別忘了，安綏也是個孩子，他也需要人家照顧。」王醫生要王師母差別別那麼大。

「安綏是個國中生了，他好意思跟兩個小學生計較嗎？」王師母說這是王醫生自己想太多，安綏可從來沒有跟她說這件事。

「安綏那個孩子怎麼可能對妳說這些？妳連媽媽都不讓他叫，他又怎麼可能跟妳多說這些？」王醫生苦笑著，他說王師母這輩子對待別人都很好，獨獨對安綏一個非常……

非常後面的字眼，王醫生說不下去，反而是王師母對王醫生嗆道：「非常怎麼樣？你倒是說說看啊！」

「唉……」王醫生只能嘆氣，他不好再說下去，說到底王師母怪的就是自己，可是卻牽拖到無辜的孩子身上。

「你知道別人都怎麼說嗎？我最近聽到一種說法，那些三姑六婆說，你一定是跟阿月有什麼，要不然為什麼要堅持把安綬帶來我們家？」王師母說到這裡，彷彿怨氣更深了。

「我們不要管別人怎麼說，自己行得端、坐得正比較重要，妳是知道我不可能做這種事。」王醫生似乎連解釋都懶得解釋。

「我們行得端、坐得正，為什麼要給別人機會來亂說？今天安綬如果是個好好的孩子，別人會這麼亂說嗎？就是他一天到晚惹麻煩，別人才覺得我們這個家有夠奇怪，這樣的孩子都還堅持要留下來。」王師母在這點上和王醫生永遠不對盤。

「又來了！又來了！妳每次都這麼說。」王醫生似乎不想跟王師母再辯下去，這個問題似乎永遠是無解。

「我認為我的態度已經很明顯了，我不讓安綏叫我媽媽，就是希望我們之間的關係能有個正確的規範，我就只能做到這樣，我真的沒有辦法像對待自己孩子一樣的對待他。至於我的小女兒和兩個可愛的外孫女，她們身上都留著我的血液，我對她們好是天經地義的事情，我犯不著顧慮別人的看法、也不用管安綏怎麼想。」王師母說起來也是一派正義，一點都沒有要反省的意思。

「我的好太太，真的要做到這個程度嗎？」王醫生幾乎是用哀求的語氣說話。

「唉……我真的問過我自己，為什麼要這樣？可是每當我對安綏好一點，我的心裡彷彿就在怪自己，為什麼要虧待我自己？你知道那種心理嗎？當然，你王醫生一定不會知道，你永遠就是個好人、大善人。或許我也只能說，這是安綏那個孩子自己的命，要不然我不是不能對別人好的人，我就是沒辦法對他好，我做不到！」

王師母在說這話時，表情看起來也是很痛苦。

安綏偷聽到王醫生和王師母的談話，他一點也不意外，這些都是他早就知道的事實，可是聽到了還是很難過……

「難道要我自己怪自己命不好嗎？」安綏自己問自己，那天去學校時也是悶悶不樂的。

「安綏，怎麼了？看起來很低氣壓喔。」田老師找安綏幫忙整理體育用品儲藏室時，順道問起安綏。

「沒有，沒事的。」安綏也不知道要從何說起，就好像有人問我們好不好時，老實的回答「不好」，似乎也會嚇到別人、打擾別人。

「怎麼會沒事？臉上明明寫著『我有事』三個字。」田老師說安綏這個謊撒得可不高明。

安綏把事情大概說給田老師聽，田老師聽了之後說：「我其實也是到了很大的年紀才明白，這個世界上不是每個人都喜歡我。」

「我知道，我知道這個道理，田老師。可是……」安綬痛苦的說，但是又接不下去。

「沒關係，你可以告訴田老師，什麼都可以跟田老師說。」田老師每次看到安綬，心裡總會有莫名其妙的心疼，總覺得這個小生命承擔的事情也太沉重了。

「我知道這個世界上不是每個人都喜歡我，可是……不喜歡我的人，未免也太多了一點，而且我沒有對他們做任何對不起他們的事，他們就不喜歡我了。」安綬說這實在是很不公平。

「我也這麼覺得。」田老師幽幽的說，他覺得安綬想的完全都對，如果換成是他，他也會有同樣的想法。

「而且是一個跟我最親的人不喜歡我，連媽媽都不准我叫她。」安綬指的當然是王師母。

「奇怪，你說的事情怎麼跟我太太說的有點像？」田老師突然想起自己太太前幾天對他的抱怨。

「田老師，田師母也跟我一樣，是個黑人嗎？」安綏心想，這也未免太巧了，難怪田老師對自己這麼好。

「不是，我太太是說，她自從結婚之後，她的爸媽、也就是我的岳父岳母對她的態度都不一樣了，有什麼事情，他們會去跟媳婦說，反而不會對女兒說，真的把她當成外人。」田老師說太太在描述這些時，跟安綏的表情有夠像。

「怎麼會像？我覺得程度差很多呢！」安綏直搖頭。

「我想要表達的是，即使是最親近的人，也不見得會永遠愛我們如一，世界是在變化的。」田老師說明著。

「我愈來愈相信命運了，或許我上輩子真的做了什麼不好的事情，才會讓王師母還有其他人這麼討厭我。」安綏沮喪的說道。

「不，才不是這樣的。」田老師說這就是他最討厭的一種觀念。

「要不然為什麼會這樣？我完全不明白為什麼？」安綬皺著眉頭問田老師。

「不管外在的世界如何對待我們，我們還是擁有最後的決定權。」田老師肯定的說。

「你是唱高調。」安綬吐了吐舌頭，雖然他喜歡田老師，可是對於田老師這番理論，他覺得一點都不可行、就是最典型的唱高調、喊口號。

「我才不是唱高調，我可是有憑有據的，我有一個非常要好的同學，也是我最要好的朋友，他的爸爸是個全鄉出了名的賭鬼加騙子，每天睜開眼睛就是動腦筋從別人那裡弄錢來，然後拿那些錢去賭博。全鄉的人都很厭惡他，也會嘲笑我的好同學，說他是賭鬼加騙子的孩子，將來一定步上他爸爸的後塵。可是我這個同學沒有，他跟我一樣是個老師，而且是我見過最幽默的人。他說的話雖然很誇張，可是真的會讓你笑破肚皮，每次他稱讚女生美麗的話，誇張到不真實、可是會逗得那個女生開心得不得了。我有一天突然明白，我這個朋友是把他爸爸天花亂墜那些騙人

的話拿來當成他的幽默本，你說，人是不是有最後的決定權？騙人的話可以轉來當成幽默的話，他是發揮了這樣的扭轉力量。」田老師說到這個同學，自己就哈哈大笑起來。

「可是……欺騙那些女生，讓她們誤以為自己很美麗，這樣不是也很糟？」安綏反問田老師。

「虧你還叫做安綏，不是Angel天使翻譯過來的，我老婆還巴不得我每天對她說這些天使的語言呢！」田老師說安綏還小，要知道這樣是做好事，才不是騙人的行為。「讓女生對自己有自信、開心，這不是一件好事嗎？」田老師義正辭嚴的提醒著安綏，要他多學點。

「可是，這跟我的情況還是不太一樣……」安綏堅持自己的看法。

「怎麼會不一樣？假如換作你是我那個同學，你是不是要一直抱怨，我的爸爸為什麼是個騙子？為什麼他是個騙子兼賭鬼？成天想的就是這些念頭，那怎麼會有其他的好事落在你頭上呢？」田老師說道。

「田老師，你在整理什麼？」安綏不太想跟田老師繼續討論這個話題，他看到田老師在整理桌子和箱子，他好奇那堆東西是什麼？

「我最近想來寫書法。」田老師說道。

「書法？這不太像你會做的事。」安綏不以為然的搖搖頭。

「怎麼樣？你是以為你老師我只會打架嗎？」田老師取笑自己。

「感覺田老師不像會這樣做的人。」安綏說田老師跟書法的氣質實在不像。

「我的夢想就是把大字給寫好，最近又想開始練習了。」田老師笑著說。

「在儲藏室裡練書法？」安綏問田老師為什麼不在教師休息室裡練習，要跑來儲藏室練書法？

「因為寫得不好啊！在教師休息室裡寫多丟人呢。」田老師靦腆的回答。

「原來田老師還會害羞。」安綏覺得害羞的田老師頗為可愛。

「你跟著我一起練書法吧！」田老師決定拖安綏下水。

「我不行啦！每次上書法課我都在混。」安綏連忙搖頭。

「就當陪老師我練字吧！」田老師說做什麼事情，有個伴可以彼此督促都是好事。

「你可以找校長跟你一起練字，要不然找我爸也行，他很感謝你對我這麼好，一定願意陪你一起練字。」安綏還是推託。

「我就是想找你一起練，都說寫書法可以培養心性，既然你打架這麼行，練好書法後，能文能武不是更好？」田老師虧安綏。

安綏被田老師揶揄得好像不寫都不行，只好跟著田老師拿起毛筆，在九宮格上寫書法。

「你寫得還真差啊！」看到安綏的書法後，田老師直笑說，那比小學生寫得還要差。

「就跟你說我不會寫了吧！」安綬說田老師是要看他寫，才會對自己的大字比較有信心。

「才不是呢！我是想說，上次你在黑板上噴的那兩個大大的『爛人』，我覺得滿有型的，才想讓你練練書法。」田老師這才說出他的動機。

「那是用油漆噴的，不是用毛筆寫的，當然不一樣。」安綬說這兩者簡直是天壤之別。

「寫書法要氣魄，你可以有那個膽子在黑板上噴漆，應該也是有氣魄好好寫幾個大字才對。」田老師狐疑的說道。

「田老師想太多了。」這回換安綬取笑田老師。

「那你換張紙寫，不要寫九宮格，我給你一張全白的宣紙好了。」田老師抽出白紙要安綬再寫寫看。

「別再試了！我不行的啦！」安綬連忙搖頭。

「記得我同學的例子，你有最後的決定權，把你寫在黑板上『爛人』那兩個字的狠勁寫在宣紙上，寫在黑板上人家要你用香蕉水去掉，寫在宣紙上可不用，加油，你行的！」田老師端出伯樂的架式，要安綏再試試看。

田老師還要安綏拿著一本書法帖子看看，照著那上頭的字寫寫看。

「這裡面很多字我都不認得。」安綏說田老師不是體育老師嗎？為什麼做起國文老師的事情。

「我喜歡做個能文能武的體育老師。」田老師揶揄自己。

安綏拗不過田老師，就好好的在儲藏室裡臨摹書法帖子，田老師也在自己的位置上安靜的寫著書法。

安綏覺得自己寫得不好，可是在儲藏室裡的這堂課，讓他覺得有種莫名的幸福。特別是在寫書法時，他和田老師都沒有說話，只是安靜的寫著自己的書法，可是彼此陪伴著，這就讓他有種無以倫比的快樂。

「咦！你寫在白紙上真的比在九宮格上寫的好太多了！」看到安綬寫的書法，田老師嘖嘖稱奇，安綬自己不明白田老師在稱讚什麼？「或許田老師只是用他同學的那招在騙我而已，就像他同學在騙女生一樣。」安綬在心裡這麼想著。

09 徽字

王醫生得知田老師指導安綏寫書法的事情，他非常興奮的東想西想：「是啊！練書法是很好，那……我可要幫安綏去買好的文房四寶，人家都說工欲善其事，必先利其器。」他一個人跑到某條專賣書畫用品的商街，請店裡的人幫他挑選上好的毛筆、硯台和墨條。隔天一早，趁著安綏上學的時候，他偷偷的把這包東西塞給安綏，要他到學校的時候拆來看……

「爸爸，這包東西好沉，是什麼？」安綏覺得這不太像是吃的東西，不明白爸爸一早會塞什麼不是吃的給他。

「神祕禮物，到學校再拆來看，你一定喜歡。」王醫生露出神祕的微笑。

「賣關子啊！」安綏很久沒看見王醫生這麼開心的笑容，他也就順著他老人家的意思，到學校再拆來看。

「竟然是書法用品！」安綏在自己的座位上打開後，忍不住拿起他塞在抽屜裡的宣紙出來，還拿著硯台到外面的飲水機裝了點水，用爸爸送的墨條磨起墨來，準備練起書法……

「王安綏，你其實不用磨墨，只要把毛筆沾水，往自己臉上畫幾下，毛筆就有墨水了。」有個男同學拿安綏的膚色挖苦著他，而其他同學竟然「捧場」的大笑起來，安綏也懶得理他們，這種無聊的笑話，他從小不知道聽過多少遍了，快要練成金剛不壞之身。

「你這個黑人寫起書法，就是有種違和感，說不出來的奇怪，你知道不知道？」又有另外一位女生這麼說。

「那妳真是少見多怪了！田老師以前在學校讀書的時候，有很多外國人很仰慕中華文化，還會特別申請我們學校的中文系，比起我們這些本國學生，他們更愛穿唐裝、喜歡中華文化，國外很多漢學家中文底子甚至比一般華人好。」田老師一進教室，聽到同學們挖苦安綏，忍不住替他說起話來。

「誰叫王安綏以前老是拿棒球棍毀損桌椅，他一下子坐得好好的寫書法，我還真是不習慣。」女同學不甘示弱的想為自己辯護。

「假如你們這麼好強，倒不如光明正大的在比賽上贏過王安綏，這樣不是更讓人心服口服？」田老師這麼說道。

聽田老師這麼一說，安綏也抬起頭望了田老師一眼，他不知道田老師要比什麼？連他自己都不知道自己有哪一點可以贏別人？

「最近總統要徵字，要選出最能代表台灣的字句，大家可以用書寫或是繪畫的方式投稿，校長鼓勵全校的師生一起參加。」田老師宣佈這個消息。

「田老師，那你太小看我了！我不相信王安綏寫書法可以寫得過我。」剛剛不示弱的那名女學生說道。

「就是啊！書法是要長期練習的，才寫個幾天就可以成為大師嗎？別笑死人了。」最前面說話的男同學也不相信自己會輸給王安綏。

「很好！比賽就是要激發出大家的潛力，我們班上的同學都這麼有鬥志，當導

師的我也與有榮焉。」田老師也說他要寫書法參加比賽。

安綬對於這次的徵字比賽充滿期待，可是他知道只要在班上練習書法，就會惹來同學的訕笑，所以他總是躲在儲藏室裡練習……

「真羨慕你有個好爸爸，他替你買的文房四寶，讓我嫉妒死了。」田老師說他爸爸已經不在了，他真的打從心裡嫉妒安綬有個對他這麼好的爸爸。

安綬有點靦腆的笑著，他知道爸爸一定是用自己的零用錢，偷偷買來送他的，因為家裡的經濟大權都掌握在王師母的手上，他看到王醫生這一陣子都很少買酒和花生米回家品嚐，連這一點小小的消遣都減少就知道他應該花了不少零用錢在這幾樣文房四寶上。

這天安綬在自己家裡練起書法，姊姊的兩個女兒湊在旁邊看，結果一個不小心兩個小學生竟然把硯台給摔在地上、頓時斷成兩半。

「啊！」安綬心疼的撿起來，這可是他這陣子最寶貝的物品之一。

王醫生回家時看到這一幕，他忍不住嚷嚷著：「這可是最高檔的端硯，是書畫店老闆極力推薦的珍品！」

王師母這時候走過來，臉色非常難看的說：「是你買的硯台重要還是你的孫女重要？你應該先關心你的孫女有沒有受傷，怎麼會先想到硯台呢？」

王醫生摸摸鼻子就什麼都不敢說了，他連忙安慰起兩個小孫女，也轉頭跟安綬說：「沒關係，摔壞了就摔壞，爸爸再買一塊好硯台給你。」

聽到這話的王師母頓時火冒三丈的說：「我就知道你一定是花了不少錢買的，平常給你的零用錢，你大概也只用在花生米和酒這兩樣東西上，這個月看你幾乎沒買過，全都拿去幫安綬買硯台這些玩意了吧！」

「妳何必這麼生氣？我又沒有多跟妳拿錢，是拿我自己的零花錢買的，既然花掉了，就不喝酒，這也是天經地義的事情。」王醫生跟妻子解釋著。

「他才剛學書法，有必要用到這麼好的東西嗎？你的三個孩子，我可從來沒看你買過高檔的文房四寶給他們。」王師母計較起來可翻起了陳年舊事。

「以前我們有三個孩子，那時候經濟狀況也比較不好，現在他們都大了、自己賺錢了，我們兩個就只要養安綏這個孩子，給他好一點的文具也是做人父母該做的事情。」王醫生跟太太求饒，要她別在這種事上跟他吵架，今天的病患多，他真的累到不想吵了。

「說你糊塗你還真糊塗，現在這個家不僅僅是有安綏這個孩子，你還有兩個孫女在，更何況大兒子和二兒子也都有小孩，你可得想想自己要留點什麼給他們，怎麼滿腦子只有安綏？」王師母說完後，就帶著兩個有點嚇哭的孫女出去吃冰，說要給她們兩個壓壓驚。

「安綏，等到爸爸下個月再領到零用錢時，再去幫你買一塊好硯台。」王醫生轉身就跟安綏眨眨眼睛。

「不用了。」安綏大概知道王師母對這種事情的反應，他不想再聽到王醫生和王師母在這種金錢的事上吵架，他搖搖頭說硯台一半也是可以用，只要磨墨的時候小心一點，硯台的一端墊高，不要讓墨汁流出來就好。

「那爸爸用三秒膠幫你黏黏看，這塊硯台剛好摔成兩半，沒有其他的碎片，應該還算好黏。」王醫生說既然現在沒錢，就用沒錢的方法試試看。

安綏就跟爸爸去找三秒膠，兩個人坐在安綏的房間裡黏硯台，安綏先將硯台洗乾淨，還用吹風機加快吹乾的速度，王醫生則是戴著老花眼睛，在檯燈下仔細的用三秒膠試圖重新黏好硯台。

「今天晚上先不要磨墨，明天再試試看，應該還可以用。」王醫生有點害羞的笑，說他明天要到自己醫院的櫃台先「偷」點現金，如果硯台不能用的話，要安綏跟他說實話，他再去買塊新的，等到下個月領零用錢怕會等太久。

「爸爸，不要『偷』櫃台的現金，那裡的小姐都跟王師母很好，一定會被發現、被罵的。」安綏取笑爸爸，都不知道王師母的眼線可多著。

「我才不是不知道，而是尊敬女人才不拆穿她。」王醫生擺出一副大力水手、很有男子氣概的動作和神情。

「爸爸，真的不用了。王師母沒有說錯，我一個剛練習書法的初學者，也用不到那麼好的硯台。」安綏要爸爸別去弄錢，除非他是想喝酒、解饞，再去弄點零花錢倒是真的。

「我們安綏長大了，現在會替爸爸著想。」王醫生突然很感動的說，他覺得新來的田老師真的很有辦法。

「可能是田老師讓我發現自己還有點用處，以前都覺得這個世界多我這一個人，好像只是浪費空氣與糧食而已。」安綏回想起來，自己一直都滿自卑的，不知道自己在這個世上有什麼價值？

「你不要在意王師母說你的那些話，在爸爸的心裡，你是很有價值的兒子。」王醫生說，安綏是他寶貝的小兒子，這點沒有人能改變。

「也不是只有王師母這麼說，別人也都很否定我的存在，都說我是個拖累父母的倒楣鬼。」安綏苦笑著說道。

「別聽別人亂說，好好寫書法就是了。」爸爸鼓勵安綏，只是剛好被經過安綏門口的老師姊姊聽到，她就回嘴說：「寫書法可以當飯吃嗎？」說完往房內瞪了一眼，才悻悻然的走開。

王醫生聽到自己女兒這一番酸話，他只能嘆口氣，想著要找個機會跟她聊聊，要她別學自己太太，老是潑安綏的冷水。

而安綏也心知肚明，自從姊姊搬回來家住，他的日子就是愈來愈難過，在這個家裡一直只有王醫生會替自己講話，兩個當醫生的哥哥雖然對自己不壞，可是他們有自己的家庭和工作，是不可能有太多的心力替他著想的。

第二天到了學校，安綏在儲藏室拿起硯台，他試著倒些水進去，發現水並不會滲出來，他就很開心的用墨條磨墨……

不過才一會兒的時間，安綬的硯台底座，就慢慢的滲出墨汁……

「真糟糕，三秒膠還是沒辦法。」安綬有點失望的說道，可是他並不想讓爸爸再幫他買一塊新硯台。

「發生什麼事了？」看到安綬拿著抹布，擦得黑漆漆的，進到儲藏室的田老師問安綬。

安綬把昨天硯台摔斷的經過跟田老師說了一遍，田老師說讓他試著修理看看。

「昨天爸爸已經用三秒膠試過了，但是沒效。」安綬失望的攤了攤手。

「你忘記田老師是體育老師，你不是跟我打過架，知道我都是蠻力吧？」田老師說安綬真是糊塗，這時候才該好好的利用田老師才對。

於是安綬又把硯台給洗乾淨，再用抹布擦乾，把硯台交給田老師。田老師跟工友拿了罐三秒膠，在看得見的縫上塗上一點，然後用力的將硯台壓緊，田老師要安綬把硯台放在那裡晾乾，晚一點再試試看。

由於等硯台乾需要一點時間，安綬答應田老師會好好整理儲藏室……

「這裡的東西有夠多的，如果發現什麼可以用的物品，你就拿去用吧！反正是你自己整理出來的。」田老師對安綬說道。

安綬點了點頭，可是他一邊整理，根本沒發現任何可供利用的物品，只有一套爵士鼓和鼓棒還算能用，不過原本該有的兩面銅鈸，其中一面也不見了，他在儲藏室裡怎麼找也找不到。

「那就這樣拿來用好了。」安綬因為要等著硯台的膠水乾掉，就把那個多出來的時間拿來打鼓。

這時候大衛和福全竟然走進儲藏室……

「你們兩個怎麼會來這裡？」安綬驚訝的問。

「我的老大，你最近是在忙這個嗎？我們怎麼都找不到你，只好進到學校來找你了。」大衛和福全說，他們兩個可是非常不喜歡來學校，要不是為了要尋找安

綬，幾億元送他們、他們都不會進來學校。

「我最近比較忙，比較沒有空去飆車。」安綬不好意思的答道。

「老大，我不知道你鼓打得這麼好！」大衛嘖嘖稱奇。

「我有打得很好嗎？只是隨便亂打的。」安綬說這是他第一次拿起鼓棒。

「那你真的很有天份，我和大衛去一個餐廳聽人家搖滾樂團表演，那個鼓手打得還沒你好。」福全比大衛還要驚訝。

「真的還假的，你們是在唬我吧？」安綬說他們兩個的鬼話說得過頭了。

「是真的！上次福全還說過，我們想來組個樂團玩玩，兩個人就常去一些有搖滾團的餐廳吃飯，我們聽多了。」大衛說安綬真的打得不錯，他跟福全已經放棄要組樂團的夢想，不過安綬真的很厲害。

「黑人不是都很有節奏感？你不要懷疑你自己。」福全說安綬可能有與生俱來的節奏感。

「原來我這個小黑人沒有遺傳到運動細胞、可是遺傳到節奏感。」安綏這麼說時，心裡還想到或許也是遺傳到自己的親生媽媽，她好像是個歌手，雖然不知道唱些什麼歌，應該也是有音樂細胞才對。

「安綏老大，跟我們去騎車吧！我們最近發現一條又直又長的產業道路，一定可以飆得過癮。」大衛和福全說到今天來的目的。

「我不去了，我這裡有好玩的東西要玩，改天再去找你們。」安綏搖搖頭，他可忙著呢！

等到大衛和福全都走了，安綏連忙把儲藏室清得更乾淨些，結果竟然在一個櫃子裡找到那面遺失的銅鈸，安綏又忙著把它裝回該裝的位置，等到這項事情忙完後，安綏試了試硯台，發現竟然不會漏，這才捧著硯台回家去……

安綏有種前所未有的充實感，他覺得寫書法和打鼓都很好玩，回家後他忙著用家裡的電腦上網找資料和影片，尋找關於書法和打鼓的訊息。

「怎麼了？寫完書法後又對打鼓有興趣？」王師母經過時，看到安綏找的影片竟是敲敲打打的打鼓畫面，她冷冷的說道。

「嗯……」安綏也點了點頭。

「你可別想要你爸爸再花大錢幫你買硯台或是爵士鼓啊！」王師母這一陣子因為開銷多了，對錢特別在意。

「不會的，王師母，我不會的。」安綏覺得他沒有那個必要讓爸爸再花錢，反正他手上的東西雖然破舊，卻都還能用，雖然他也不知道這兩樣東西他能做出什麼像樣的玩意，可是他都還有興趣，甚至比飆車有趣。

等到王醫生回家後，他看到安綏連忙問起那塊硯台能否使用？「已經好了，謝謝爸爸，不會漏墨。」安綏並沒有把田老師幫他的事情跟爸爸說，王醫生非常得意自己還是有點辦法。

「爸爸，我不跟你多說了，我要去練習書法。」安綏剛剛在網路上看了一位知名書法家的採訪稿，他對於書法家介紹的運筆方式很有興趣，打算趕緊去試試看。

「好！快去！爸爸今天有點零錢，自己買酒和花生在餐廳吃。」王醫生要安綬不用在意他，自己去做想做的事情。

望著安綬的背影，王醫生備感安慰的自言自語：「那孩子做起自己有興趣的事情，還真是投入，以前的麻煩，都是我們沒幫他找到可以使力的地方吧。」

10

書法和打鼓

「王安綬，總統的徵字你寫好了嗎？」第二天到學校，有同學問起安綬。

「還沒有，我正在想要怎麼寫。」安綬此時此刻，腦中一點頭緒都沒有。

結果上次那位好強的女同學也湊過來說：「可是我們那位暴力田雞老師對你寄予厚望。」

「對啊！」有好幾位同學這麼附和，說完之後就不懷好意的笑了起來。

「你們先寫好自己的徵字再說，不用管我怎麼寫。」安綬給了他們一個大白眼。

安綬的確沒有很確切的想法該如何寫，因為他還在嘗試當中，而且他總覺得腦筋裡有種想法，要他把書法和打鼓結合在一起，可是他只是有初步的概念，卻不知道該從何著手。

安綬一放學，就趕到學校附近的一家大型書店，他從網路上知道有位書法家最近才出了一本關於初學者學書法的書，他想找來看，或許可以解決他的困惑……

由於那本書是新書，在圖書館裡並沒有，安綏只能到書店裡翻閱，每天一下課他就衝到書店裡找那本書。

安綏連著好幾天這樣，有位店員忍不住走到他旁邊問他說：「同學，既然你這麼喜歡這本書，就乾脆買回家去好了，每天都來看同一本書，我們這裡不是租書店、是書店，假如每個人都像你一樣的話，我們這家書店會倒閉的。」

安綏非常不好意思的說：「可是我沒錢買回家看，只能來書店翻。」

店員瞪了安綏一眼，就繼續整理別的書。

隔了幾天，就在安綏又去「翻書」時，有個人從他手上拿起那本書到櫃台結帳再交給安綏……

「是你們！」安綏看到大衛和福全將已經結過帳的書給他。

「老大，我們跟在你後面觀察你很久了，你都沒發現我們。」大衛和福全跟安綏抱怨。

「老大，你最近真的很沉迷書法，怎麼突然改變這麼大？」福全說他們跟在安綏後面那麼多天，發現他一放學就到書店來看這本書法的書。

「一本書也沒多少錢，你如果真的想要，跟我們說就好，我們是兄弟，不是嗎？」大衛說安綏真的很見外。

「老大，你是不是不想跟我們在一起了？」福全直截了當的問安綏。

「你也跟其他人一樣，看不起我們兩個了，是嗎？」大衛垂著雙眼、憂慮的問起安綏。

「不是不想跟你們在一起，而是最近對書法和打鼓很有興趣，想多一點時間研究。」安綏老實的說。

「真的有點羨慕你，找到可以投入的事情，哪像我們兩個每天都閒閒沒事做。」大衛說自己真的也是滿無聊的。

「王安綏，你又跟這兩個暴走族混在一起喔！」安綏班上有位同學經過書店，在店門口外面看到這景象便大聲取笑。

「你在那裡放什麼屁啊？我們老大已經改邪歸正了，你看不出來嗎？」福全立刻對著店門口外面回嗆。

「對！你們老大現在正在努力要拿下總統獎，哈……」嘲笑完，安綬的同學立刻跑走，一點機會都不留給安綬和他兩個好友反駁。

「幼稚！」大衛狠狠的瞪了對方一眼。

「你受得了這種人嗎？」福全回頭問安綬。

「管他！做自己喜歡的事比花時間在不喜歡的事情上來得有趣多了。」安綬說這話時，眼睛還是盯著那本書法書，頭一點都沒有抬起來。

「老大，你要看這本書，現在他已經是你的了，你就好好的回家去看。」大衛提醒安綬，那本書已經屬於他了，不需要這麼可憐的躲在書店角落偷看。

「謝謝你們。那我回家去練習。」安綬說，看到書裡面講到的觀念，他就會很想回家試試看。

「老大，雖然你已經不喜歡跟我們飆車，可是如果有什麼事情需要我們幫忙，我們還是你兄弟，不要像別人當我們是不良少年，我們是你的好朋友。」福全提醒安綏。

「我知道的。」安綏點了點頭，

安綏從那本書法書上學到了一點，寫書法也是有節奏的，而且寫字最忌一個字一個字寫，其實手寫我心，一句話要傳達的意思是連著的，絕非斷開的個體，安綏有點明白這件事。「這跟打鼓有點像，寫字也是有節奏、有韻律感的。」安綏這樣想道。

而且安綏還考慮到一件事：「總統說要徵字，其實練書法、練字都是要時間累積，我再怎麼寫，也拼不過那些練了十幾年的好手，一定要出奇制勝。」安綏盤算著，他大概有點想法該如何結合書法和打鼓。

第二天上學時，安綏經過操場，看到田老師用錄影機錄下田徑隊跑步的動作，再叫他們自己看、以便修正。

安綏突然有了更具體的想法，他問田老師：「我可以跟田老師借這台錄影機嗎？」

「你要做什麼？」田老師心想，安綏又不做任何的體育訓練，而且聽同學說過，安綏的體育細胞似乎不行，想不通他要這台錄影機做何事？

「我想做總統徵字的事。」安綏答道。

「可是總統徵的是字，你要錄影做何用？」田老師想不通這件事。

「我不想把字寫在紙上，我想寫在錄影機上面。」安綏解釋。

「喔？我不明白，不過是可以借你錄影機，很期待你會寫出怎麼樣的字。」田老師看到安綏炙熱的眼神，他想這孩子這麼投入，當然要讓他試試看。

安綏拿到錄影機之後，立刻就聯絡大衛和福全，拜託他們兩個幫忙。

「老大，真高興你想到我們。」大衛和福全二話不說，非常樂意參與。

「你們兩個先不要高興得太早，說不定做得很累！」安綏看到大衛和福全的表情，覺得要先跟他們講清楚，其實這不是好玩的！

「只要我們三個一起合作，就是好玩的事！」大衛樂不可支的說道。

原來安綏想要做個影片，在影片裡面他會先放進打鼓的鼓點，然後再拍下寫書法的過程，他希望鼓的節奏和書法的韻律能結合成好的影片。

「聽起來很特別的，以前都沒有看過類似的影片。」大衛和福全都非常興奮，兩個中輟生好久沒有投入讓他們願意花上心力的事情了。

結果安綏和他的兩名同伴在儲藏室裡搞了許久，弄出一段影片……

「這是我們一起創造出來的傑作。」大衛看到影片之後非常得意，還要安綏打上他們兩個的名字。

安綏很高興的把錄影機裡的畫面轉成影片檔案燒在光碟裡，他打算拿一片給田老師看，順便聽聽他的意見。

結果安綏中午從外頭回到教室後，竟然看到同學們圍在教室的電腦前面狂笑……

「這就是王安綏寫的字嗎？」有位男同學問道。

「這個影片真的有夠土的，一點都不夠力。」上次講話非常狂妄的女同學也附和。

「你們這是在做什麼？」安綏立刻跑過去，立刻從電腦裡面把光碟取出。

「我們還以為你會有什麼石破天驚的作品呢！原來只是這樣。」男同學做出一臉失望的表情。

「你呢！那你自己的作品呢？只會說我！」安綏挑釁的問那位男同學。

「真巧，我寫的兩個字跟你一樣，也是『希望』。」男同學非常得意的從他的抽屜裡拿出他的書法作品。

「你寫的真好，王安綬寫的『希望』根本就沒有希望。」女同學可能為了損安綬，故意褒獎這位男同學到誇張的地步。

「寫書法這種事說實話並沒有撇步，就是要老實的練，王安綬才一時興起寫了幾天而已，這樣如果可以得獎，我就把我的頭切下來當球踢。」男同學說他從小被爸爸盯著寫書法，寫了十多年，如果寫輸王安綬，他實在會很不服氣。

「王安綬，你聽到了沒？你那種書法加打鼓的做法，根本就是花拳繡腿，一點實力都沒有。」女同學繼續笑道。

這時候另外有男同學插嘴說：「王安綬，我看你改寫一張『沒希望』好了。」這位男同學一說完，全班跟著哄堂大笑。

安綬忍不住說：「這只是我的草圖，我還在練習，你們有必要這樣子取笑我嗎？」

「我們不是取笑你，是要你實際一點，不要做白日夢。」男同學一臉得意洋洋的神情，彷彿他已經是總統徵字的得主了。

安綬覺得很無奈，他的心裡就像同學們說的那樣只有「沒希望」三個字可以形容，但他不明白同學們為什麼要把他辛苦嘗試的成果說得那樣一文不值？

安綬被同學們這麼一講，他也懶得把那片光碟拿給田老師看，有一種被同學們一拳擊倒的感覺……

「老大，你怎麼了？」放學後，大衛和福全興奮的到儲藏室找安綬，本來還想聽聽安綬說田老師的意見，可是只見到鬥志全無的安綬……

「老大，發生什麼事情了？」福全緊張的問安綬，這是最近他看過最沒精神的安綬，即使安綬被學校說要轉學，他都沒有這麼消沉過。

「田老師怎麼說？」大衛問安綬。

「田老師什麼都沒說。」安綬懶懶的回答。

「沒說表示他在思考？」福全想這也是一種可能。

「不是，是我沒有把影片交給田老師。」安綏說道。

「你沒把影片給田老師看，這是怎麼一回事？」大衛完全不知道安綏在做什麼？

「算了，我放棄了。」安綏懶洋洋的提議要跟大衛和福全一起去飆車。

11

大衛和福全

「放棄了！這樣就放棄了！」大衛不可思議的叫著。

「你要跟我們去飆車，我們是很高興，可是我們已經被你挑起興趣，要跟你一起飆你的書法了！」福全瞪大了眼睛說道。

「真的比不上，剛剛在教室看了其他同學寫的字，覺得我寫的實在有夠幼稚。」安綬老實的說。

「老大，如果你就在這裡放棄的話，你以後也不要找我們去飆車了。」福全一臉酷樣。

「怎麼樣？連你都瞧不起我了？」安綬推了福全一把。

「就算你不為你自己努力，你就不能為我和大衛努力嗎？」福全哭喪著臉說道。

「你們兩個現在對書法和打鼓也有興趣了？」安綬不明白福全的意思。

福全看了大衛一眼，大衛接著說：「我們看到你對自己燃起了希望，感覺有那麼一天，我們也會替自己燃起希望一樣，這已經不單單只是你的夢想，我們也把自己的夢想放在上面了。」

「你們太高估我了，從頭到尾我就是個沒希望的人，是我自己妄想。」安綬在教室被同學們狠狠打擊，信心幾近潰散。

「老大，我們知道教室裡的那些同學，就把我們這種人當成爛人，後來我們也把自己當成爛人，所以當你這次想做些不爛的事情時，剛開始我和福全也都覺得不可能，但是偷偷的觀察你這麼久，看到你在儲藏室練習、去書店找書看、回家又繼續練習，或許很多人覺得我們做的影片不夠好，那我們就一起再做得好一點就好，跟那些當我們是爛人的人證明，只要我們願意，都可以做得比他們更好。」福全苦口婆心的勸安綬。

「可是我同學說得對，書法這種事情就是要長期練習，我這種半路出家的怎麼可能拼得過？」安綬看到班上同學的作品後，再看看自己，有點自慚形穢。

「讓我們一起做出交出去都不會覺得丟臉的作品吧！或許不會得獎，只要我們覺得滿意，就對得起自己。」

「想跟你一起證明，除了飆車、砸爛東西之外，我們還有其他的用處。」福全和大衛都這麼說道。

「你們……」安綏有點不敢置信，這兩個被人家說成壞朋友的前同學，這次竟然比他還要認真。

「我有想到一件事，我們那種拍影帶的方式，人家可能會覺得很無聊，或許我們加上動作、再剪接一下，會有不同的表現。」大衛還掏出手機，裡面有他找的影片，他說或許可以試試看那樣剪接的方式。

「人家那是專業，我們只有一台小錄影機，又沒有其他專業的機器，怎麼可能剪成那樣？」安綏說這太難了吧？

「大衛還找到一個影片！」福全點選了另外一個網址，那個影片則是只用手機就拍出很有水準的影像作品。

「我們如果只放在網路上，其實影像的解析度沒有要求那麼高，也就不用很好的機器，我們盡量多試幾次，一定可以做出來的。」大衛看起來頗為認真，一臉躍躍欲試的模樣。

「大衛看起來好有導演的架式。」安綏說大衛投入的神情好帥氣，福全也是一樣。

「我們兩個這次對拍影片都很有興趣，或許以後我們兩個都是大導演，你再找我們拍就要花大錢了，趁現在快點利用我們吧！」福全擺出一副很行的表情，惹得安綏和大衛都笑了出來。

「好！衝著你們這兩個朋友，我們就一起努力吧！」安綏被他這兩個熱血的朋友這麼一激勵，也跟著沸騰了起來。

為了找到更好的書寫節奏，安綏現在連下課的時間都在練書法，如果衝到儲藏室去練習，回來上課一定來不及，安綬就在教室裡面練字，剛開始他也有點猶疑，覺得這樣一定又會惹來同學的訕笑，不過安綬想到現在這已經不只是他一個人的事情，還有大衛和福全也在一起努力，他實在不能放棄，就硬著頭皮拿出筆墨練習……

「王安綬，你真的還沒有放棄，真是勇氣可佳啊！」之前秀出好字的男同學，依然沒有停止嘲笑安綬。

「這真讓人另眼相看，原來王安綬最有熱情的事竟然是書法。」另外一位男同學說到這裡，笑得很大聲。

「別這樣說，他還有打鼓呢！大家不是看過王安綬那段影片了？」說起這個影片，同學們的笑聲更大、話語更毒了。

「好了啦！王安綬也是我們的同學，大家就鼓勵他一下，這樣也不行嗎？」有個女同學忍不住替安綬說了句話。

「喔！妳喜歡黑人！」很會寫書法的男同學立刻揶揄替安綬說話的女同學。

「你們這些人很煩耶！」聽到其他同學的訕笑聲，女同學就不講話了，畢竟這個年紀的學生，都很在意同儕的評論。

「我們不是愛嘲笑王安綬，而是他做的影片那麼呆，放出去人家還以為我們班上同學水準都是這樣。」又有男同學說話了。

整場對話，安綬一句話都沒有插嘴，光顧練習自己書法。

在大衛和福全的幫忙下，安綬又重排了一支影片，這次他穿上柔道服，用手做勢寫書法，但是在切割畫面上，另外有安綬實際寫書法的畫面，加上沒有音樂只有鼓點的伴奏、還有大衛和福全熬夜剪接的效果，出來的結果連安綬都大感驚訝……

「跟我們第一次做的差別很大，現在看起來好看多了。」安綬說感覺就很有勁，讓書法的節奏感更強了。

「這是我和福全拼上老命做的。」大衛說他和福全在家裡的電腦前，熬夜剪了很多天，用最古老的方法一格、一格的剪輯，這才把安綏說的節奏感給剪出來。

「聽人家說，有一種軟體可以剪得很好，可是我們沒有錢買那麼貴的軟體，只好一格、一格慢慢的剪，一秒鐘有三十格畫面，剪得我眼睛都要老花眼了。」福全一臉黑眼圈，看起來就像是熬了好幾天的夜。

「這樣交出去比賽，我們一定也不會漏氣。」大衛說，他就是要拼這麼一口氣，不管得不得獎，總要做出一個自己看了都得意的作品。

「我明白你的意思，這真的是讓我很驕傲的作品。」安綏點點頭稱是。

安綏這個「動態書法」和其他同學的作品一起投稿到總統的徵字比賽，安綏每天都盯著報紙看，會不會有公佈得獎消息……

「安綏，只要有消息出來，學校一定會知道的，你不用那麼緊張。」田老師看到得失心這麼重的安綏，他力勸安綏放開心點。

「喔！我知道，只是忍不住就會想去查查看。」安綏有點不好意思的說。

在家裡，王醫生也像田老師一樣勸安綬，要他放寬心，不要那麼在意得失……

「而且人家總統明明就是要徵字，安綬去搞出一則影片，又是加上打鼓、還有什麼動作的，根本是太花俏了。」姊姊邊餵孩子吃飯邊這麼說。

「這就叫做創意啊！」王醫生跟自己的女兒說道。

「什麼創意？我看是標新立異！」王師母滿臉不以為然。

「我如果當比賽的評審，也很討厭有人這樣不守規矩，擺明了就是想要出奇制勝，不想下基本功夫。」王醫生的女兒正經八百的說。

「安綬這次這麼認真，你們鼓勵鼓勵他，不行嗎？」王醫生覺得家裡這兩個女人也是奇怪，就不會說點好聽的嗎？

「我們只是在就事論事，說明一般人的想法。」王師母聳聳肩說道。

安綬聽了家裡人的一席話，他其實心裡大概也有點底，其實他並不知道自己在期待些什麼。「或許只是想讓人家看到我的作品吧！」安綬覺得這是他跟大衛、福全心裡頭最想要的。

結果比賽結果出來，總統獎的得主是一幅「台灣加油」的書法，而班上那位書法寫得很好的男同學也得了佳作，是全校唯一有得到名次的同學，安綏的影片並沒有得到任何的獎項，可是在公佈得獎作品的網站上，安綏的影片就掛在首頁，讓其他人可以點閱……

「既然掛上去就應該給我們一個特別獎才對啊！」大衛和福全知道這件事後，直說總統府真的太小氣了，連個不痛不癢的特別獎都不願意給。

「可是掛在網站上，那個點閱率一下子就破萬了，比第一名的作品還要受歡迎！」福全很認真的看了點閱率。

「可能我們是動態的，比人家單單書法來得活潑，在網站上比較討好。」安綏說的也算中肯。

安綏班上的男同學得了佳作的名次，可是學校大部分的同學都對安綏的作品比較有印象，以前安綏走在學校裡面，大家都避之唯恐不及，就像在躲隻暴龍一樣，不過才沒多久，同學們會主動跟安綏說：「我有看到你的影片，很炫耶！」

「從來沒有想過書法和打鼓可以結合，你的影片很特別。」

「我媽媽也有看到那支影片，她要我跟你說，她現在變成你的粉絲了！」

安綏雖然沒有得到名次，可是他受到的矚目，遠遠的超過第一名得主，更別說是那位得到佳作的同班同學……

「哼！這真的是花拳繡腿，明明是我寫的好，你王安綏的作品憑什麼跟我比呢？」書法寫得很好的男同學，忍不住對安綏嗆聲了。

「你就不要跟王安綏計較了，人家總統府頒了佳作給你，就是說你寫得好啊！」另外有個男同學勸道。

「可是……可是……大家都不看我，卻看王安綏。」男同學這才說出他的不滿，他覺得自己這個得獎者有夠窩囊的。

「你這是吃醋喔！」現在已經有同學會為安綏說話了，以前幫安綏講話的人會被別人訕笑，這下子情勢整個大逆轉。

「請問，這裡有位王安綏同學嗎？」有位漂亮的短髮女人出現在教師休息室，她是看到網路上的影片要來找安綏。

「我是王安綏的老師，請問妳是？」田老師問起這位女子，原來她是一位留法的打擊樂音樂家，她看到安綏的作品後，很想跟他聊一聊。

「妳好！」看到這麼漂亮的女人來找自己，安綏才打了招呼，就靦腆的臉紅。

「你好，同學。」這位女人遞了一張名片給安綏，從名片上看到，這位音樂家在國家音樂廳開過個人表演，也在一間大學裡的音樂系任教。

「妳已經是教授了？可是妳看起來很年輕耶。」安綏看到名片上的經歷，很難跟眼前這位年輕的女子連接在一起。

「我是在法國讀的博士，我看了你的作品之後，覺得應該跟你談談。」音樂家表明自己的來歷。

「我的影片怎麼了嗎？」安綏很難想像，竟然有人看了一個影片，就會主動前來找他。

「我只是覺得你作品裡面的律動感，很像我在法國的指導教授，他跟你一樣是位黑人，不過他是位老先生，還得過好幾屆的葛萊美獎。」音樂家說她的指導教授非常有名，她還把教授的名字寫給安綏，要他可以上網站去找影片來看，就可以聽到他的音樂。

美女音樂家還跟安綏說，他有一種天生的節奏感，他的人和他的作品，在歐洲其實會很受歡迎，如果安綏願意的話，她願意幫安綏寫介紹信，讓他去法國學音樂……

「真的嗎？我真的行嗎？」安綏不可置信的說道。

「最起碼我的老師一定很喜歡你，他一定覺得你的音樂跟他有同樣的靈魂。」

美女音樂家非常肯定的點點頭。

那天安綏幾乎是用跑百米的速度衝回家，在家裡坐立難安的等著王醫生下班，等著要把這個好消息跟他說……

「真的嗎？那位小姐真的這麼說？」王醫生聽了之後也替安綏高興，他接著說：「安綏，你就儘管去做，爸爸一定供你去法國讀書，假如我們家出了一個音樂家，爸爸不知道會有多高興啊？」

「爸爸，真的可以嗎？我真的可以去法國讀書嗎？」安綏聽到爸爸這麼一說，他更是喜出望外，尤其他想到，他這樣的膚色在國外，一定就沒有什麼稀奇，絕對不會像在台灣這麼受人歧視。

「你說要出國就出國嗎？法國的物價有夠貴的。」王師母聽到王醫生說要供安綏出國，她這個家裡的財政部長立刻持反對意見。

「那位音樂家有跟我說，法國的公立大學免學費，只要準備生活費就可以。」

安綏解釋給王師母聽。

「可是法國的物價真的很嚇人，我曾經聽人家說過，去法國就算不用出學費，生活費跟去美國讀書的學費和生活費加起來，有過之而無不及。」安綏的姊姊加入談話。

「讓安綏去嘛！就算借錢給他，以後他工作了再還給我們也行啊！」王醫生在一旁說，他是真的很想讓安綏去法國求學。

「我們家的孩子讀書，哪個花到這麼多錢了？尤其是我的小女兒，當老師讀書都沒有花到我們一毛錢，他說要去法國讀書，我們就要掏出這麼多錢讓他去嗎？」王師母說這真的太不公平了。

「而且音樂家收入又不穩定，他以後拿什麼還呢？」王家的小女兒也懷疑安綏的還款能力。

「孩子有這個才能，我們當然要栽培他。」王醫生要王師母不要這麼計較錢。

「不計較？我們這個家可以撐到現在，就是因為我一塊錢、一塊錢計較來的。」王師母說王醫生是吃飯不知米價，讓她老是做壞人。

安綏看到這個場面，他只是「喔」了一聲，就安靜的回到自己房間去了，什麼話都沒說。

12 故鄉

當天晚上，王醫生趁著家人都睡著的時候，進到安綬的房間，搖著安綬要他起來，有話對他說……

「爸爸，怎麼還沒睡？」安綬睡眼惺忪的問王醫生。

「安綬，你不要擔心錢的事，爸爸會偷偷去別家醫院兼差、藏私房錢，讓你去法國讀書的。」王醫生大半夜就是為了跟安綬說這個。

「爸爸，算了啦！」安綬想到這件事如果被王師母知道，一定又引起軒然大波。

「你不要怪你王師母和姊姊，她們兩個現在都想為我兩個小孫女多攢一點，才會對你比較苛。」王醫師解釋道，可是即使王醫生不解釋，安綬也明白這一點。

「爸爸，我不想拿你的錢去法國。我不想讓王師母瞧不起我。」安綬覺得王師母真發現安綬拿王醫生的錢出國讀書，到時候話一定說得非常難聽。

「你不拿我的錢，難道你要放棄出國讀書？」王醫生覺得很可惜，難得那位女音樂家這麼有心，還到學校來找安綏。

「反正我也才國中，音樂家有跟我說，我也可以先跟著她當助理，再去法國讀書。」安綏說還有這個辦法。

「當助理會有多少錢？你要存到什麼時候才能去法國？」王醫生說讀書要趁年輕，他最明白這點，像他四十幾歲才去讀醫學院，深刻的知道腦力、體力不如人。

「我還可以去打工存錢，去打兩份工就可以存得起錢來。」安綏說台北應該打工的機會比較多。

「你要做到這樣嗎？會不會太辛苦？」王醫生是一個好人，他真心的把安綏當成自己的孩子了。

「爸爸……」安綏跟王醫生點點頭，說他可以的。王醫生雖然不捨也只好同意，不過他提醒安綏不要太勉強，實在不行的時候一定要跟他說。

安綏跟大衛和福全說起這件事，兩個朋友都很替他高興……

「安綏，我們也想學你，或許也去找一個當導演助理的工作，找機會去拍片。」大衛說他和福全現在沒有讀書，會先找機會上台北去，等到安綏國中畢業，大家在台北可以住在一起。

「我也要存錢，還要當完兵，才能去法國讀書。」安綏說就算音樂家要幫他寫介紹信，他還有很多關要過才能出國去。

「那就放你在這裡讀書，我們先走了。」大衛說他和福全真的對拍片很有興趣，也覺得自己有了努力的目標。

「沒有，是我想謝謝你們，在我要放棄的時候，還好你們並沒有放棄。」安綏他的腦筋裡從來沒有想過，不得獎還比得獎更受別人重視。

安綏積極的跟女音樂家保持聯絡，另一方面，由於有了目標，安綏對很多事的忍耐力也比較夠，雖然環境中還是有冷言冷語，安綏似乎也愈來愈能不在意。

國中畢業的暑假，安綏就已經在準備行李要上台北，他跟大衛和福全以及他們

在台北認識的兩個朋友，總共五個人一起合租公寓，安綏和大衛、福全擠在一間比較大的房間。

臨行時，王醫生和田老師在火車站替安綏送行……

「我總覺得你這個孩子這麼一去，好像就不打算回來了。」王醫生有點傷感的說道，還說即使是這樣，他也不會怪安綏，畢竟他並沒有給安綏一個完整的家，反而造成他的許多傷害。

「王醫生，不要這麼說，安綏這些年下來已經改變了很多，他不是一個會計較的孩子。」田老師說王醫生真不相信他這個老師，他可是把安綏帶得不錯。

「非常謝謝田老師這麼認真帶安綏，你真的是他生命中的貴人。」王醫生從心裡這麼認為。

「他自己才是自己生命中的貴人。」田老師望著安綏，心裡也充滿成就感。

「田老師，我一直沒有問你，當初你怎麼願意來我們學校當校長的祕密武器？」安綬想起這件事，想趁這個最後的時機問田老師。

「因為校長以前就是我的導師，我讀書的時候就跟你一樣，是校長拉了我一把。當他跟我說有個孩子很像當年的我，我完全沒有理由拒絕校長。」田老師說這叫做一報還一報。

「這樣說起來，以後如果田老師打電話給我，說有個孩子跟我國中的時候一樣，我也不能拒絕田老師的請求囉？」安綬笑著說道。

「你自己知道就好，我們拿了人家的不一定要還給當事人，可是總要還出去。」田老師欣慰的點頭。

「安綬，爸爸會上台北去看你的。」王醫生提醒著安綬，有什麼需要一定要跟爸爸說，爸爸怎麼樣都會替他想辦法。

「爸爸！你做得夠多了！」安綬很有自知之明，一直很清楚王師母和姊姊老是擔心他挖王家的錢，而他的確不是王家親生的骨肉，也不想拿王家的錢讀書，他鐵

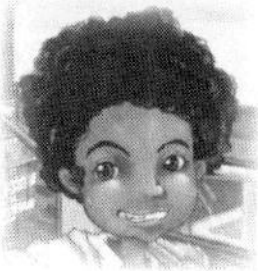

了心想看看靠自己的力量可以走到什麼程度。

可是上了火車，安綬看到爸爸老淚縱橫的在車站揮手，還蹣跚的走到月台最遠的地方，望著他的火車，在那一刻安綬心裡很明白，不管他心裡承不承認，故鄉永遠是故鄉，王醫生也是他心裡真正的爸爸。

上了台北，安綬把行李一放好，就到住家附近的超商應徵工作。國中畢業的安綬已經長得非常高大，加上原本黑色的膚色，站在那裡很有「氣魄」……

「王先生，很對不起，我們不能用你。」超商店長不好意思的對安綬說道，他沒有通過他們的面試。

「為什麼？店長，為什麼？我會努力工作的，這份工作對我很重要。」的確在打工的工作裡，超商店員的時薪算是好的，安綬真的很想爭取這份工作。

「我這樣說，你不要太在意喔！是你站在櫃台，看起來很嚇人，我怕顧客會嚇到。」店長面有難色的說道，安綬心想，又是膚色惹的禍！這樣的找工作經驗，在安綬的求職過程中不斷的發生。

從超商沮喪的回家，在樓下門口看到大衛和福全正等著安綬……

「快！有人來看你了！」大衛有點緊張的說。

「來看我，誰會來看我？是我爸爸嗎？」安綬心想，爸爸的動作可真快，他才上來台北沒多久，立刻來看他。

「不是啦！是你大哥。」福全解釋著。

「大哥，我好久沒看到大哥了。」安綬往樓上衝，一進到客廳，原本坐著的大哥馬上上前給安綬一個大擁抱。

「大哥，怎麼會來？」安綬喜出望外的問大哥。

「打電話回家跟爸媽問安，爸爸說你一個人上台北來工作，我正好來台北開會，想來看看你住的地方。」大哥微笑的說道。

「一定是爸爸要你特地來的，你在教學醫院當醫生這麼忙，還讓你來看

我……」安綏知道大哥和二哥都在南部的教學醫院當醫生，從早忙到晚，回家吃頓飯的時間都沒了，還特別來看他，真的讓他非常不好意思。

「爸爸當然有提起，我也是真的想看看你，我們是一家人啊！」大哥拍拍安綏的肩膀，說他瘦了，立刻要帶他和大衛、福全一起到外頭吃館子。

「連我們也有份喔！」大衛非常開心的說。

「這叫做一人吃、三人補嗎？」福全拍著手問道。

「當然一塊去吃，大家都是同個故鄉上來的，要互相照顧。」王大哥很有大哥風範，樂得大衛和福全不停的喊「大哥、大哥」。

他們一行人去吃了牛排，安綏在吃飯時，也不斷的注意餐廳有沒有可以打工的機會。

等到吃完飯後，大衛和福全先回家，大哥要安綏陪他在附近的公園散散步……

「安綏，大哥好像從來沒有給過你零用錢，這個錢你拿著，打工的機會慢慢找、不要急。」大哥掏出一個紅包給安綬。

「大哥，怎麼行？你有家要養，兒子、女兒也還小，我不能拿你的錢，你上來看我、又請我吃這麼一頓好的，我已經非常感激了。」安綬真心這麼覺得。

「在台北開銷大，我以前在這裡讀書我知道，錢非常不禁花，大哥真的很擔心你錢不夠用。我當醫生收入不錯，你就拿著，不要跟大哥客氣。」大哥硬是把紅包塞在安綬的口袋裡。

「大哥……謝謝你這麼照顧我。」安綬紅了眼眶，因為他的確錢有點吃緊，只是沒想到大哥還會注意到這點。

「你是我的小弟，大哥不照顧你誰照顧你？」大哥摸摸安綬的頭。大哥繼續嘆口氣說：「你不要怪我們的媽媽，也不要怪你姊姊，她們有她們的辛苦。很多時候人在不同的立場，對事情就會有不同的看法，時間會改變一切的，給她們點時間，讓她們可以想清楚。」

安綬抿著嘴點點頭。大哥提醒著安綬在找工作時要注意安全，他還會上台北來看他的。

最後安綬除了在女音樂家的研究室當助理之外，一大清早還在加油站打工，晚上在研究室下班後，還在學校附近的咖啡店打工。

在咖啡店時，那家店有項吸引顧客的絕活，是站在梯子上調配咖啡拿鐵，店員要一手拿著咖啡、另一手拿著牛奶，在階梯上愈爬愈高，讓咖啡和牛奶像兩條瀑布倒在咖啡杯裡面，而且從高處落下的咖啡牛奶，也會自然的在杯子裡起泡，成了一杯現成的咖啡拿鐵。

這項絕活是店員拿著階梯站在顧客的桌子旁表演，難處是在落下的咖啡牛奶要好好的在杯子裡，不可以濺出到杯外，更不可以噴到顧客的衣服，很多店員光是賠顧客的衣服清潔費就賠掉打工的所得。

可是這家咖啡店的打工費，是一般平均水準的三倍多，安綬為了錢，還非常認真的在家裡練習這項咖啡拿鐵的絕活。

「安綬老大，又要我們當活靶了！」大衛和福全自然而然就被安綬拿來當作顧客練習，常常為此淋得一身溼答答的。

結果安綬一開始在咖啡店拿鐵沖泡時，竟然有人會對他說：「服務生，你只要拿牛奶杯就好，咖啡那杯還沒有你的臉黑。」安綬頓時就濺得那位客人一身都是，客人非常生氣的說：「你是怎麼樣？對我很生氣就倒在我臉上？」安綬當天的打工費用也全泡湯。

那天剛好王醫生上台北來看安綬，聽到安綬被人這麼損、還要賠償洗衣費用，他的心裡非常的捨不得……

「爸爸，你不要難過，我已經習慣，從小聽這種話聽到都會背了。」安綬看到王醫生的神情，知道他在替自己抱屈。

「可是既要上班，一天又要打兩份工，你還有自己的練習時間嗎？」王醫生問起安綏。

「可以的，老師知道我的情況，她找我當研究助理，可是沒有派那麼多的工作給我，我在學校的空閒時間都可以練習。」安綏解釋給爸爸聽。

「那就好，要不然我怕你太累，沒有練習、反而失去上台北的意義。」王醫生說完這話之後，就咳嗽咳個不停。

「爸爸，你自己年紀也大了，除了病人的健康要注意，你也要注意自己的健康。」安綏突然有點難過，自己並不能在爸爸的身邊照顧他老人家。

「你去做自己想做的事，不要因為我而耽擱，不要顧慮我，知道嗎？」王醫生一直覺得自己給安綏的不夠多，不好意思要安綏多花時間照顧他。

王醫生從台北回去後沒多久，安綏就接到大哥的電話……

「大哥，你上台北來了？」安綏知道大哥只要打電話給他，一定是到了台北，他還說這次換他請大哥吃飯，因為他已經賺錢了。

「嗯……」大哥欲言又止的。

「大哥，怎麼了？」安綬覺得大哥講電話的態度有點不一樣，他立刻反應到：「是不是爸爸、媽媽發生什麼事情？」

「對！我是陪爸爸上來台北住院檢查。」大哥也就明說。原來這陣子兩老的身體都不好，媽媽先在家附近摔到，打著石膏動都不能動。爸爸則是有天早上起來就暈眩得厲害，以前從來沒有發生過這種事，大哥覺得要帶爸爸好好的做個全身檢查，正好大哥以前的指導教授的暈眩門診非常有名，大哥於是請假帶爸爸上來台北住院檢查。

「爸爸，你上台北來也不跟我說？」安綬有點責怪爸爸。

「想說你要上課、打工賺錢，太忙了，爸爸不想耽誤你。」王醫生躺在病床上這麼說。

「你一直說我是你兒子，哪有爸爸發生事情，兒子不知道的？」安綬有點生

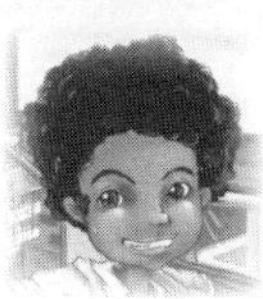

氣，他還跟大哥說，他已經請好假要陪爸爸，大哥如果忙的話就讓他一個人在醫院就可以了。

「也好，大哥是真的想找你幫忙，我南部的醫院也還有事，等到爸爸出院的那天，我會上來接他、把他送回家。」大哥說這樣要麻煩安綬。

「大哥把我當自己人，我很高興。」安綬是打從心底這麼說。

於是王醫生住院檢查的這幾天，安綬都陪著王醫生，醫院裡的人看到了還好奇的問王醫生：「你們家請的外勞看護真的很貼心，中文說得好，又對你照顧得無微不至，以後可以介紹他來我們家。」

安綬聽到這種話時滿臉尷尬，王醫生則是立刻得意的說：「他不是看護，他是我兒子，我的好兒子！」

對方聽到王醫生的回答後，通常滿臉錯愕，王醫生還會更得意的說：「我兒子是個藝術家，他的書法和打鼓非常受人矚目。」

「爸爸，我沒這麼好啦！我還不是藝術家，你這個話說得太早了。」安綏連忙阻止王醫生。

「我們當醫生的，從醫學系開始，人家就稱呼我們為醫生，你已經在做表演工作，為什麼不能叫做藝術家？」王醫生說得理直氣壯的，還說很多畫家都會自己假裝成買家，到畫廊不斷的詢問自己的畫作來拉抬身價，這年頭就是要會自我宣傳。

總之，王醫生住院似乎不是為了檢查，反倒成了炫耀自己有個當藝術家的好兒子一樣。

13 這個生命值得嗎？

等到王醫生要出院回家時，整個醫院的人幾乎都聽王醫生宣傳過，他有個當藝術家的好兒子。由於這間醫院的大廳設置了藝術廣場，固定邀請藝術家來表演，在王醫生的極力推薦下，治療王醫生暈眩的主治大夫於是請院方相關單位，邀請安綏來表演。

安綏這次把醫院的一面白牆當成宣紙，他把自己的身體結合影片，在牆上寫出虛擬的書法，由於安綏和大衛、福全專業技術上都進步，表演當然比起國中時候更有看頭，病患的反應相當熱情，院方也決定長期邀請安綏來表演。

「太棒了！安綏，我的指導教授說你的表演很有動能，可以為醫院帶來新鮮的活力。」大哥從教授那裡聽到不少的好評。

「我也很喜歡自己這次的表演，我當然不能讓我的大哥、爸爸丟臉啊！」安綏說自己表演得好不好，其實心裡都很清楚。

「對啊！我的小兒子本來就是位藝術家。」王醫生得意的說道，還說他這次住

院值回票價，幫小兒子找到好的工作。

「醫院付的表演費用很高，比我去餐廳打工好賺！」安綏非常高興這點，而且他也想累積多一點的表演經驗，跟觀眾做近距離的接觸。

「看起來我要換家醫院再來住個院，大大的推銷我們家安綏。」王醫生說他本來覺得沒必要上台北來住院檢查，不過看到安綏多了個表演機會，他覺得真的回本了。

「爸爸怎麼可以這麼說，哪有人喜歡多多住院的？」大哥取笑自己的爸爸。

「安綏啊！爸爸現在不會再擔心你的工作，爸爸有信心你會愈來愈好，只是你也要答應爸爸，有機會打打電話給你王師母，也回老家來看看，人心是肉做的，只要你願意，一定可以像跟爸爸、大哥一樣相處得這麼好。」爸爸跟安綏說，給自己一個機會，也給媽媽、姊姊、還有故鄉的人一個機會。

安綏聽到這裡默默不語，大哥拍了一下安綏的肩膀，也跟爸爸說：「爸爸，你太心急了，不要給安綬壓力，讓他用自己的步伐來做這些事。」

「對對對！你們看我這個老人家，我是太得意了，看到我兒子的表演這麼精彩，一下子就想太多！」爸爸有點尷尬的笑著。

那天晚上，安綬聽了爸爸的話，打了個電話回家，電話就是王師母接的。

「這裡是王醫生家，請問你找誰？」王師母問著電話那端。安綬緊張得不知該說些什麼，他有點愣住、腦筋一片空白，過一會兒就把電話給掛了。

「這對我還是太難。」安綬嘆了一口氣，他覺得只要聽到王師母的聲音，感覺就好像撞到冰山一樣，自己完全失去控制。安綬心想自己現在還是專注在表演和打工上，其他等以後再說好了。

由於安綬在女音樂家的研究室做助理，除了他以外還有其他的學生也在那裡當研究助理、學生助理，由於安綬的「外型」非常「突出」，再加上女音樂家的確特別欣賞他，開始有些助理對安綬有點不是滋味。

「聽說他以前是混流氓的，還是個暴走族。」有天經過學校的茶水間，安綏聽到裡面有個認識的助理這麼說道。

「真不知道我們老師喜歡他哪一點，根本是個不學無術的死孩子，他有本事像我們一樣考上這間好學校嗎？」另外一位學生也附和著。

「每次看他打鼓就好像張飛耍大刀一樣，我覺得滿噁心的。」竟然還有助教的聲音也插話了。

「聽說我們老師要安排他到法國去找她的指導教授。」助理像在報明牌一樣的說著。

「他憑那一點啊？」學生還發出「呸」的一聲。

安綏聽到雖然有點難過，可是他還是選擇不予理會，反正這種事他從小也聽得夠多了。

結果隔沒幾天，有個快遞到安綏的研究室來，說有人訂了個蛋糕給他……

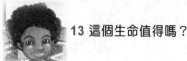

「有人訂蛋糕給我，一定是大哥或是爸爸吧！」安綏非常開心的收下，還立刻打開要跟同事們分享。

結果那個蛋糕外盒一開，裡面竟然是個以安綏為造型的黑人蛋糕，而且腹部還有一塊蛋糕是切掉的，黑色巧克力的外皮內部竟然是大紅色的，看起來就像是把人切開流出鮮血一樣……

安綏當然知道這是諷刺性的惡作劇，辦公室的其他助理看到這個蛋糕竟然笑得前仰後翻的說：

「做得好傳神喔！」

「太好笑了。」

「怎麼有人這麼有心，太有趣了！」

女老師卻忍不住的走過來說：「夠了！真是夠了！你們這群幼稚的大學生，竟然一點文化素養都沒有，做出這種歧視性的行為，真的是夠了！」

「老師，妳不能這麼說，這個蛋糕也是個創作，不是嗎？」有學生豁出去的反嗆老師。

「創作的本意是要展現真善美，不是拿來當成諷刺人的工具。」女老師說她什麼時候教過他們這樣的創作精神？

「可是老師太主觀了，老師對於創作的好壞太主觀，只要是安綏做的表演，你都說好，我們不服氣。」那位驕傲的學生又繼續回嗆女老師。

「你們不服氣？覺得我偏袒安綏，是嗎？」女老師問起自己的學生。

「是！我們好歹都是考上這間大學的大學生、研究生，實在沒辦法接受自己輸給一個國中畢業生。」學生說道。

「好啊！既然你們這樣說，那麼明天晚上，帶著你們最好的表演來找我。」女老師搖搖頭說。

「好啊！誰怕誰啊？」學生點點頭，接下這個戰帖，還說他會把所有不服氣的大學生、研究生都找來一起表演。

第二天晚上，女老師就帶著一大票的學生到學校的牆外，那裡正好是一個夜市，女老師各自安排好了一面牆給學生們和安綏表演……

結果圍觀的人愈來愈多，更誇張的是……全都圍在安綏的場子，大衛和福全也認真的幫安綏換背景影片，受到觀眾的鼓舞，安綏表演得更帶勁了……

「這下子你們服氣嗎？」末了，女老師問起她的學生。

「可是台灣普遍的表演市場本來水準就不高，尤其又在一個夜市旁邊，這種比法有意義嗎？」有位研究生問女老師。

「如果你們的表演不能讓觀眾有共鳴，那就不叫做表演，只是自己在練習而已。」女老師說她在法國讀藝術表演時，有個學分就是要上街頭表演，接受觀眾的評價。

「總不會觀眾剛好跟老師一樣，對我們都有偏見吧！」開始有學生反省，提出跟女老師同樣的想法。

「是啊！我剛剛也用觀眾的角度看了所有的表演，安綏的確很有生命力，讓我很感動。」有位大一的新鮮人這麼說道。

「那只是譁眾取寵，安綏又沒有學過表演理論，他的表演有什麼內涵？」還是有學生不以為然。

「為什麼看表演一定要先讀過一堆書才能看？」大衛提出疑問。

「是啊！觀眾的心才是最重要的。」福全也提出自己的看法。

這次的課外教學意外激起女老師的學生們的熱烈討論，女老師覺得這是好事，畢竟課堂上難得有這麼激烈的爭論，大家會爭吵，「代表其實都有思考過！」女老師說道。

而且這場「夜市競賽」之後，安綏在學校的處境也比較好過些，雖然還是有大學生、研究生瞧不起他，不過最起碼大家是見識到他的實力，甚至有的學生會持平的來看安綬的表演，進而跟他討論問題，安綬也從這些回問當中，會去思考自己表演的本質，再去找資料、旁聽來進修，對於安綬來說的確是好事。

安綬自從上台北後，為了存錢少花點車票錢，他並沒有回去老家過。這天女老師跟安綬說：「王安綬，我有個計畫是關於團體擊鼓，要你幫我回你的老家去做點研究報告。」

原來團體擊鼓的英文稱作drum circle，它是國外行之有年的一種音樂治療，說是在老年人和小孩身上最有用，用十幾面大小不一的鼓，在十幾人左右的團體，教導使用者打擊出簡單的樂曲，說是可以讓演奏者的心情變得喜悅，是一種常被使用的團體治療模式。

「這個研究的重點就是在鄉下的老人，我想你的家鄉應該很適合。」女老師說著自己的研究計畫。

安綬跟其他的研究助理一起回到自己家鄉，帶著那些老人一起做這個團體擊鼓

的活動時，他的心裡覺得很微妙……

這當中很多老人在他的成長過程當中，都曾當面或是背後數落過他，嘲笑他的身世、膚色，不過……他們現在很多都弱不禁風了。安綏想到自己曾經詛咒過這個村子最好被水淹沒，他一點都不想看到這個村子裡的人……

「可是看到他們綻放著笑顏，我還是很滿足的。」安綏在心裡這樣想著，他發現自己的狀況好時，他並不會對其他人有這麼多的怨懟。「原來重點還是在我自己的狀況，怨天尤人其實歸根結底是我對自己的不滿意。」安綏自己發現了這點，他在家鄉住了一陣子，這段時間跟王師母也有比較多的對話。

等到安綏要回台北時，王師母在他快要回去的前一天，在客廳突然跟安綏說：「你應該很恨我吧！」

安綏淡淡的笑了一下，王師母自己又接著說：「其實我也不喜歡自己這個樣子，只是遇到你時，我真的不知道該怎麼對你好。」

「我知道的，王師母。我現在都明白了。」安綏這麼回答，也是發自他的肺腑，他曾經回過頭想想，易地而處，如果換成他是王師母，他不見得能做得比王師母好，這點他是可以接納的。

「你爸爸常常怨我太自私，可是我又覺得他把你帶回來這件事就是最根本的自私，我們兩個人這樣鬥來鬥去，最後苦的就是你。」王師母說道。

「都已經過去了，王師母，我已經長大了，那些都已經是很遙遠的事情。」安綏點點頭說。

「我還是沒有辦法把你當成我的子女，不過如果你願意的話，或許我們可以試試看當朋友。」王師母說，或許這是他們兩個關係的最好位置。

「謝謝妳幫我當個大人，這樣我才能變成妳的朋友，妳不要擔心，我現在心裡對妳一點怨恨都沒有。」安綏不斷的安慰著王師母，而他的確也沒有怨懟之心，或許他知道自己大概要往哪裡去，他忙著要飛往自己想去的地方，根本也沒有時間來怨恨。

後來安綬就一直這樣辛苦的打工、練習，也很早就在女老師的幫忙下有些演奏的表演，有時候在加油站和咖啡廳打工時，還會有人發出驚呼：「咦！你不是那個……那個我看過的表演者？」

安綬都笑笑的點了點頭，繼續做好他的服務。

「當個藝術工作者這麼辛苦，到現在還要打工過生活？」有顧客問起安綬，安綬也不以為意，畢竟這樣的藝術工作者很多，為了求生存，一直都在打工的人多的是。

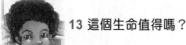

安綬在當完兵之後，用自己存的錢順利的到法國求學，雖然年紀不到三十歲，可是已經是個小有名氣的藝術工作者，他將書法和打鼓結合而成的表演藝術，在歐洲頗受好評。

大衛和福全也一直在電影業工作，他們兩個捱到台灣電影工業的復興，雖然還沒有實現自己的導演夢想，可是也在業界存活了下來，這對電影從業人員來說，已經是非常不容易的一件事。

安綏的大哥寫了一封電子郵件給安綏，他要安綏回來台灣參加王醫生的八十大壽的壽宴，他們全家人和鄉里要一起為王醫生祝賀，當然也少不了王醫生最小的兒子王安綏。

安綏立刻回覆大哥他會回去，他在回王醫生家之前，先繞到了自己就讀的國中去……

想到有天晚上他和大衛和福全站在這個門口，心裡對全世界都不滿，三個人的手上拿著棍棒和噴漆，一進到校門就到處亂敲，最後還在自己班上的黑板上噴上「爛人」兩個字……

「怎麼做得出來這種事啊？」安綏現在想起來，都覺得自己有點好笑。

安綏在經過工友的同意，進到校門內自己的班上，他想起那天為了清「爛人」

那兩個字還失火，全校一片烏煙瘴氣的，安綏又忍不住啞然失笑……

「你現在覺得很好笑了？」有個聲音響起來，安綏回過頭去看，原來是王醫生也來到這個班上。

「爸爸，今天是你生日，怎麼會跑到這裡？」安綏驚訝的問著王醫生。

「我剛剛去車站接你，沒遇上你，聽他們說你走的方向，我猜你是回來學校繞繞，就跟著走了過來。」王醫生說道。

「是啊！想來看看以前的班上，自己當年真的做了很多蠢事。」安綏笑得可開心了。

「爸爸想問你一件事。」王醫生問起安綏。

「爸爸，怎麼了？」安綏有點好奇王醫生要問的問題。

「你自己覺得這個生命值得嗎？」王醫生正色的問安綏。

「當然值得了，原來生命有這麼多可能，當然值得囉！」安綏含著眼淚的望著王醫生。

「那就好，這個答案是我八十歲最好的禮物，也不枉費當初我力勸你媽媽要留下你。」王醫生也含著淚點點頭，安綬攙扶著王醫生，兩個人肩並著肩走回家去，兩個人的心裡都覺得……

這個生命真的是值得的！

震不碎的愛
陳秋鴻◎著
突如其來的九二一地震，
震垮了夏少冬、夏少春兩兄妹的家庭，
只剩下中風的阿嬤和少冬、少春兩兄妹相依為命。
為了求生存，就讀國中和小學的夏家兩兄妹開始種菜，
還把多的拿到菜市場叫賣。
阿嬤一直擔心自己拖累了兩兄妹，
「賣菜能有什麼出息？」阿嬤還要煩惱兩兄妹的前途，
沒想到夏家兩兄妹卻遇上了一位神祕的老中醫…
勵志學堂 2

培育文化

勵志學堂 35

捲毛小黑人的奇蹟

作者　陳秋鴻
責任編輯　王文馨
美術編輯　但以理
封面設計　彭意筑

出版者　培育文化事業有限公司
信箱　yungjiuh@ms.45.hinet.net
地址　新北市汐止區大同路三段一九四號九樓之一
電話　（02）8647-3663
傳真　（02）8674-3660
劃撥帳號　18669219
CVS代理　美璟文化有限公司
TEL／(02)27239968
FAX／(02)27239668

總經銷：永續圖書有限公司

法律顧問　方圓法律事務所　涂成樞律師
出版日期　2013年02月

國家圖書館出版品預行編目資料

捲毛小黑人的奇蹟 / 陳秋鴻著. -- 初版.
-- 新北市 : 培育文化, 民102.02
面 ;　公分. -- (勵志學堂 ; 35)
ISBN 978-986-6439-98-8(平裝)
859.6　　101025854

※為保障您的權益，每一項資料請務必確實填寫，謝謝！

姓名		性別	□男 □女
生日	年 月 日	年齡	
住宅地址	郵遞區號□□□		
行動電話		E-mail	

學歷

□國小 □國中 □高中、高職 □專科、大學以上 □其他______

職業

□學生 □軍 □公 □教 □工 □商 □金融業
□資訊業 □服務業 □傳播業 □出版業 □自由業 □其他______

謝謝您購買本書，也請您與我們一起分享讀完本書後的心得。

務必留下您的基本資料，我們將會提供您新書資料及不定期購書優惠，也歡迎您加入永續圖書線上購物網會員，並享有購書會員價等優惠，也請您繼續給予支持及鼓勵！

●請針對下列各項目為本書打分數，由高至低5～1分。

	5 4 3 2 1		5 4 3 2 1
1. 內容題材	□□□□□	2. 編排設計	□□□□□
3. 封面設計	□□□□□	4. 文字品質	□□□□□
5. 圖片品質	□□□□□	6. 裝訂印刷	□□□□□

●您購買此書的地點及店名______

●您為何會購買本書？

□被文案吸引 □喜歡封面設計 □親友推薦 □喜歡作者
□網站介紹 □其他______

●您認為什麼因素會影響您購買書籍的慾望？

□價格，並且合理定價是______ □內容文字有足夠吸引力
□作者的知名度 □是否為暢銷書籍 □封面設計、插、漫畫

●請寫下您對編輯部的期望及意見：

★請沿此線剪下傳真、掃描或寄回，謝謝您的寶貴的意見！

2 2 1 - 0 3

新北市汐止區大同路三段194號9樓之1

FAX：（02）8647-3660

E-mail：yungjiuh@ms45.hinet.net

廣　告　回　信
基隆郵局登記證
基隆廣字第200132號

培育

文化事業有限公司

讀者專用回函

捲毛小黑人的奇蹟

培 養 文 化 育 智 心 靈 的 好 選 擇